AF409813

La malédiction de Kervarguet

Roman historique

Jean–Marc Becquet

Dépôt légal octobre 2018, ISBN : 979-10-94133-17-0

JMB EDITIONS

Couverture © **Matthias Becquet**

Prix 9,50 €

À mes enfants de sang et de cœur.

Ouvrez des écoles, vous fermerez des prisons.

Victor Hugo.

La Bretagne est une vieille rebelle. Toutes les fois qu'elle s'est révoltée pendant deux mille ans, elle avait raison. Contre les Romains, contre les Francs, contre la Monarchie, ou la Révolution, contre les gouverneurs du Roi, ou les représentants de la République. C'est toujours la même guerre que la Bretagne a faite, la guerre contre l'étouffante centralisation.

Victor Hugo.

Plan de la région de Quimperlé, Finistère.

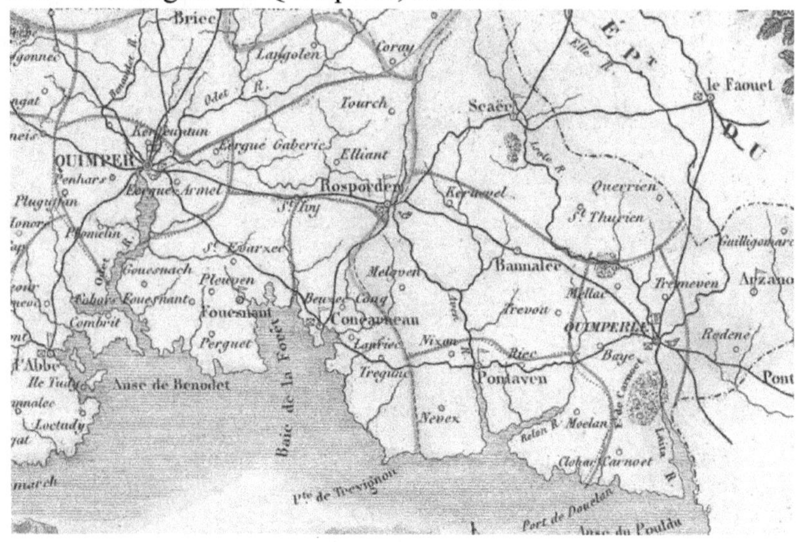

Les personnages.

Hameau de Kervarguet.

Jean Boulben, le maître, sa femme Jeanne Diffon, ses enfants, Jacques, Louis, Alain, François, les fils et les filles, et les jumelles Jeanne et Louise.

Ses deux valets de ferme, François Berre, et Jean Dayou.

Ses servantes Louise Saouten et Isabelle Pensec.

Les journaliers de Jean Boulben, les Auffret, et les Christien.

Le frère de Jean, Mathurin Boulben, sa femme Louise Flécher, les enfants Périnne, Marie-Anne, Maria, et Étienne.

L'autre famille du hameau, les Moulic. Thomas et Reine, le fils Thomas, sa femme Françoise et leurs deux fils, Jean et Simon

Hameau du Clandy.

Alain Boulben, fils de Jean, le maître, sa femme Marguerite, les trois enfants : Mathurin, Jean et Marguerite.

Corentin Morlec son journalier, sa femme Marie-Anne, ses deux filles : Isabelle et Anne.

François Bregardis, son valet de ferme.

Jacquette, ancienne servante d'Alain Boulben

Erwan, son fils.

Hélène, orpheline, nièce de Jacquette.

Les notables.

Joseph Frossard, lieutenant de gendarmerie. Jérôme Le Gall et Guillaume David, gendarmes.

Thérèse Leibrecht, la fiancée de Joseph Frossard.

L'ancien député-maire, Pierre de la Villemarqué.

Le comte Hyacinthe de Botdéru, maire de Lannegenn

Yves Le Coët, recteur de la paroisse de Kerien.

Louis de Boisguéhenneuc, maire de la ville de Quimperlé

Louis Caradec, tailleur d'habit.

1. Hameau du Toulhouat, Meslan.

Juin 1803.

C'est une fille.

Corentin est déçu, Isabelle, déjà née deux ans plus tôt, et maintenant Anne, la seconde. Les filles ne sont pas les bienvenues pour aider au travail des champs. Corentin est journalier, il loue ses bras pour pas grand-chose, juste de quoi survivre avec sa famille. Ils habitent dans cette petite maison, une ancienne nurserie[1] dans le hameau. Une seule pièce, un peu de terre autour de la masure, pour faire pousser quelques légumes et faire vivre quelques poules, et en contrepartie, sa femme et lui travaillent tous les deux pour la famille dominante, propriétaire de presque toutes les habitations et les terres agricoles du hameau. Lui, c'est dans les champs, par tous les temps. Elle, Marie-Anne, sert dans le petit manoir qu'habite la famille Boulben, Alain le maître du domaine, sa femme Marguerite, et leurs trois enfants, Mathurin, Jean et Marguerite. Ils ont des domestiques et des servantes qui logent parfois dans leur habitation. La maison du maître, on l'appelle « le manoir » dans le village de Meslan. Il a été construit au début du siècle dernier, avec les pierres du manoir de Restinois, détruit durant la période de la chouannerie par les « Bleus ». Son propriétaire,

[1] On dénommait ainsi les abris habitant les animaux au XIX, en Basse-Bretagne.

Louis Calan est mort fusillé après la bataille du Faouët en 1795. Il commandait une troupe de plusieurs centaines de « Blancs ». Il avait réussi à envahir Gueméné, à repousser un bataillon républicain à Plouay. Il aurait dû occuper cette ville de « Bleus ». Mais il a été battu.

En répression, son manoir a été saccagé. Lui, il a été arrêté peu de temps après, et condamné à mort. Depuis, les bandes de chouans ont presque disparu, les républicains ont gagné, mais tout peut se rallumer à la moindre occasion.

Corentin et les autres journaliers habitent les habitations qui se dressent dans ce hameau de quelques dizaines d'âmes, situé à trois kilomètres du bourg, près de la rivière Ellé.

Elle sort des gorges profondes et dévale l'amas de roches qui la bordent. Corentin connaît bien cette région, c'est une terre de légendes, où l'on parle souvent du diable. On dit que Satan régnait en maître à l'époque, avant que l'Église et son représentant, Saint Guénolé ne viennent lui disputer son hégémonie. Le Saint homme fonda la paroisse de Locunolé et convertit de nombreuses personnes. À cause de cela, les âmes des mortels échappaient à Satan

Paolig, l'autre nom du diable dans cette région, ne pouvait pas continuer ainsi, alors un jour, où le brave Saint se promenait au bord de l'Ellé, il voulut le tuer et lui lança d'énormes blocs de roche. Mais le Saint détourna le danger, avec un signe de croix. Les rochers s'accumulèrent sur la rive et dans le combat qui opposa les deux entités, Guénolé entraîna *Paolig* dans un trou, que l'on dénomme depuis le « trou du diable », et dont personne ne connaît la profondeur, Mais il est toujours présent, il rôde aux alentours de la rivière où il guette les paroissiens pour les emmener avec lui dans ce trou sans fin.

Les deux petites filles de Corentin sont élevées avec les légendes du pays. Isabelle l'aînée n'y prête pas trop attention.

Anne, la cadette tremble de peur, elle est sûre que *Paolig* la guette et viendra la chercher un jour prochain.

2. Chapelle Sainte-Gertrude, Route du Faouët.
Avril 1828.

Il devait faire un rapport au procureur du Roi. Des enfants étaient morts sur la commune de Kerien. On l'avait envoyé pour enquêter, lui Joseph Frossard, lieutenant de gendarmerie, en poste depuis peu dans la ville de Quimperlé.

Pas facile d'enquêter dans cette localité, les paysans ne sont pas loquaces, de vraies tombes. On a l'impression que les questions qu'on leur pose les mettent en cause directement. Peut-être, un réflexe du temps où ils étaient enrôlés dans ces bandes de chouans qui ravageaient le pays. Mais, l'époque a changé depuis la chute de l'Empereur, voilà 13 ans.

Joseph était très jeune, mais son père François Frossard, colonel de cavalerie, au troisième régiment de dragon, sous les ordres du Maréchal Masséna, le lui a raconté tellement souvent. Quelle fierté il avait eu de faire partie de la Grande Armée. Puis l'Empereur avait abdiqué une première fois le 12 avril 1814, puis il était revenu le 1 mars 1815. Son père avait tout de suite rejoint l'empereur durant les Cent-Jours, participé à la bataille de Waterloo le 18 juin 1815, qui avait vu la défaite des armées impériales. Cela s'était tenu à peu de choses, peut-être à la trahison d'un général[2] qui sortit des rangs impériaux pour avertir l'ennemi.

Oui, il lui avait dit des centaines de fois, à peu de chose… Il lui avait dit que les combats n'avaient pas eu lieu à Waterloo, mais sur la commune de Placenoit, de Braine-l'Alleud et de Genappe. En France, on les avait appelés la bataille du Mont-Saint-Jean, du nom de la colline où s'étaient tenus presque tous les engagements des deux armées. Ce sont les Anglais et ce diable de Wellington qui, écrivant la dépêche annonçant la victoire des ennemis, depuis son quartier général situé à Waterloo, fixa ainsi ce nom à la bataille. Le matin même, l'Empereur avait dit à ses généraux qu'ils avaient 90% de chance de gagner. Une supériorité numérique, une artillerie plus importante, ils se voyaient déjà coucher à Bruxelles le soir même. Il n'y avait que les Anglais face à eux, la cavalerie française était plus aguerrie, plus mobile, plus forte. Mais rien ne se déroula comme prévu. Le temps, la pluie rendait le terrain lourd et les manœuvres des régiments, difficiles. On a attendu que le terrain sèche, mais trop longtemps. Cela avait permis à l'armée prussienne de se rapprocher du lieu. Et puis Ney croyant à une débandade des Anglais, avait chargé leurs lignes avec

---

[2] Le général Bourmont déserta le 15 juin. Il commandait la 14e division. Il quitta son poste au petit matin, comme s'il allait en reconnaissance, pour rejoindre les Prussiens, et leur dévoilait le passage à Charleroi des troupes Françaises.

toutes ses forces. « Trop tôt » avait crié l'Empereur, mais le mal était fait, les cuirassiers avaient été décimés par l'artillerie ennemie. Et puis, les Prussiens étaient arrivés dans l'après-midi, plus tôt que prévu. Grouchy qui était tenu en réserve avec des troupes fraîches, et qui devait se porter à leur rencontre, n'avait pas obéi de suite aux ordres. Imprévisible Grouchy, ses 33 000 hommes auraient contenu les Prussiens. Son père lui avait dit que, déjeunant dans la commune de Walhain, à la table d'un notaire, à 20 kilomètres de la bataille, il avait pris le temps de terminer son repas, alors que l'estafette de Napoléon le pressait d'intervenir. À la fin de l'après-midi, l'Empereur s'adressant à ses généraux encore vivants leur avait dit qu'ils avaient 90% de chance de perdre. C'est ce qui arriva, la défaite, la honte et le déshonneur. Son père les avait connus. Alors, lui Joseph, s'était engagé après ses études dans la gendarmerie. Il avait connu le dédain de certains officiers de la restauration pour son nom. Son père François avait commandé le 22e régiment de dragon lors de la bataille, cela ne s'oublie pas. Et le voici sur ces routes accidentées au milieu de nulle part.

Oui l'époque a changé, le rétablissement du culte, la fin de la conscription, et le rétablissement de la royauté ont transformé les mentalités. La restauration avait permis aux royalistes de commettre des exactions, parfois en toute impunité. La terreur blanche avait fait son retour. Les assemblées élues avaient conforté ce retour à l'absolutisme et au conservatisme le plus intransigeant. Une société secrète, les « chevaliers de la foi », avait fait son apparition, défendant le catholicisme et la monarchie. Puis à la mort de Louis XVIII, son frère Charles X était arrivé au pouvoir, et dans ses bagages tous les ultras du pays. Cela avait renforcé encore la restauration de l'ordre ancien. On voulait effacer la Révolution, la République, l'Empire. On avait écarté les libéraux du pouvoir. On avait même commémoré le débarquement royaliste et anglais de Quiberon de 1795. La situation en France n'était pas brillante.

Dans le pays, il ne restait plus que quelques bandes de maraudeurs et de pillards qui prenaient le nom de « chouans », mais ne savaient même plus ce que cela voulait dire. Ils étaient raillés par les habitants des villes et même des campagnes, sauf dans quelques villages isolés où on leur offrait encore un peu d'hospitalité. Kerien semblait en faire partie. Heureusement, Joseph Frossard avait trouvé de l'aide avec les notables et le maire Louis Le Flecher qui lui avait facilité les choses. Il lui avait indiqué la route du hameau, perdu à quelques kilomètres du bourg. Il lui avait décrit la mentalité de ses concitoyens.

– N'y allez pas seul, lieutenant, on ne sait jamais. Je ne sais pas toujours ce qui se passe dans les hameaux les plus isolés de la commune. Le territoire est grand, pour aller à l'autre bout de la commune, il faut des heures à pied. Prenez un gars du coin parmi vos gendarmes, cela facilitera les choses.

Le hameau de Kervarguet était perdu à travers les bois et les ruisseaux de la région. L'un de ses gendarmes, Jérôme Le Gall connaissait le pays.

– Vous verrez, mon lieutenant, ils ne sont pas faciles, ils n'aiment pas qu'on s'occupe de leurs affaires, même en cas d'une enquête pour meurtre.

– Pour l'instant, on est loin de penser ou de croire qu'il s'agit de meurtres. Deux jeunes garçons décédés, on nous a demandé d'enquêter. Il semble qu'une épidémie de choléra se propage dans le pays, c'est certainement la cause de la mort.

– Ah, mais alors, mon lieutenant, il va falloir se protéger.

L'autre gendarme, Guillaume David, lui, n'était pas de la région, et il maudissait le jour où on l'avait affecté dans cette région perdue de Bretagne. Il n'était pas loin de penser comme l'ancien sous-préfet de Quimperlé, Auguste Romieu, qui parlait de la Basse-Bretagne comme l'on parlait des colonies. Heureusement que cet ancien sous-préfet avait quitté la région. Son successeur, Anatole de Brémond d'Ars avait plus de respect et d'estime pour ses administrés.

– Faites excuse lieutenant, mais, et je ne dis pas cela pour mon ami Joseph, lui, il est originaire de la ville de Quimperlé, mais ici, c'est une région maudite, une contrée à part. Ce n'est plus la France. Pourquoi nous ? Le médecin ne suffisait-il pas ?

— En fait, il avait des doutes, il est venu voir le procureur pour lui demander une enquête officielle. On doit rejoindre le légiste qui officie déjà. Soit, c'est le début d'une épidémie et il faut prendre les mesures nécessaires pour la circonscrire, soit ce n'est pas, et notre présence sera nécessaire. On ne rentrera pas dans la maison. Seul le médecin légiste va y aller et faire les constats d'usages.

— Vous connaissez le nom des enfants, lieutenant ?

— La famille s'appelle Boulben, Jérôme. Les enfants se nommaient Alain et Jacques, cinq et six ans. Leur père Alain avait fait appeler le médecin dès les premiers symptômes pour des maux de ventre, puis des vomissements et enfin des convulsions. Celui-ci a pensé en premier à un empoisonnement, mais sans trop savoir par quoi cela avait été provoqué. Il en a fait part au procureur, qui lui préfère penser qu'il s'agit d'une épidémie de choléra.

Guillaume, faisant attention au chemin qu'empruntait son cheval, donna son opinion.

— Il est vrai qu'on a parlé d'un voyageur qui était arrivé au début du mois. Il était descendu à l'auberge du Lion d'Or. On a dit qu'il venait d'Alger, c'était un maître d'équipage. Il se rendait à Brest, pour prendre un poste sur un navire en partance pour l'Afrique. Le lendemain, l'hôtelier l'a retrouvé mort dans sa chambre[3]. Tu connais la famille, Jérôme ?

– Oui, c'est une famille aisée de la région, ils possèdent beaucoup de terre sur la commune. Mais pourquoi des doutes ? C'est une épidémie. Pourquoi, on tuerait des gosses ? Cela n'a aucun sens !

– Oui, tu as raison ! Lieutenant, pourquoi à trois pour cette enquête ?

– Tu ne les connais pas comme moi, Guillaume, poursuivit Jérôme, les Bretons de la région. Moi, je suis de Quimperlé, mais dans la ville, on parle encore de ce qui s'est passé en 1795, à peine trente ans, en pleine période des chouans. À l'époque, dans la commune, de Kerien, il y avait un brave gars, Gourlaouen qui avait aidé les républicains. Il était instituteur. Des habitants de la commune l'ont traîné sur la place du village, l'ont découpé en morceau, et l'ont dispersé aux quatre coins de la commune.

– Tu plaisantes Jérôme ?

– Eh non, pas du tout. Tu vois ce paysage fait de roches, de cours d'eau et de bois. Des terres cultivables, riches entourés de

---

[3] Ce fut le début de la première pandémie, elle toucha toutes les régions et fit 100 000 morts dont 20 000 sur Paris, d'autres en 1854, 1866, 1884 frappent le pays. En quelques heures, le malade meurt. La peau est cyanosée, le corps devient bleu, d'où l'expression, « une peur bleue ».

landes, une grande commune encore hantée par les légendes, les habitants sont à l'image de ce pays.

– Sauf ton respect Jérôme, drôle de pays. Et puis tous ces noms de lieu qui commence par « ker », ça signifie quoi ?

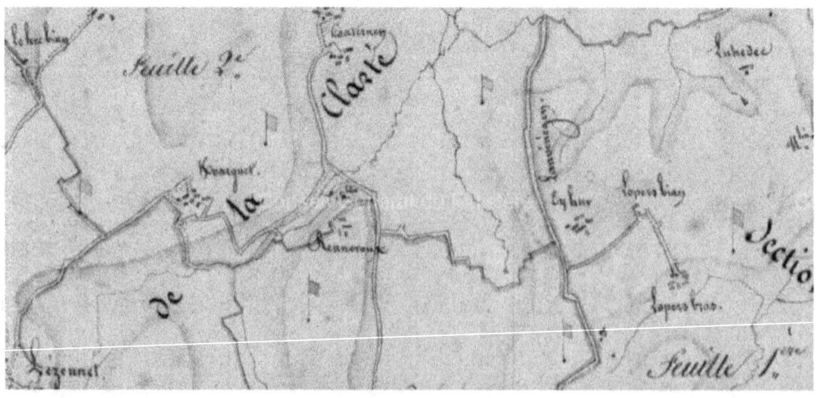

– Cela signifie le hameau ou le village.

– Et « varguet » ?

– « varguet » ! Avant cela aurait pu être « marc'her », cela aurait signifié chevalier. Le mot aurait pu désigner le hameau du chevalier, puis avec les déformations à travers les siècles, et la prononciation, c'est devenu « kervarguet ». Attention, le terrain devient accidenté !

– Tu as raison, le voyage n'est pas de tout repos, j'ai peur que nos chevaux ne se blessent sur ces cailloux, et ces routes mal entretenues.

Joseph Frossard observait la route.

– On doit arriver dans le hameau. Sur la petite colline devant nous, on aperçoit les habitations.

Quelques minutes plus tard, ils mettaient pied à terre. Le légiste était sur place, il les attendait tout en discutant avec un homme assis par terre, les mains sur la tête.

– Bonjour lieutenant, en vous attendant, je discutais avec Jean Boulben, c'est le père des gamins. Ses deux fils sont morts dans la même journée. Il est effondré, ne comprend pas. Ils semblaient en bonne santé.

L'homme était submergé par le chagrin, les yeux rougis, le teint blafard. Il balançait le corps, comme pour calmer une douleur effroyable, ne sachant plus comment laisser échapper sa peine.

– Bon, je vais rentrer dans la pièce où ils ont été déposés. Je vais me protéger avant de faire les constats. Ensuite, on mettra le lieu en quarantaine, s'il le faut. Restez éloigné !

Il se couvrit le visage et la tête, mis des gants et enfila une blouse et des bottes.

– Bizarre, lieutenant, d'habitude, la maladie se déclare en premier dans les villes et les bourgs peuplés. La campagne est souvent peu touchée.

– Oui, Guillaume, c'est pour cela que le médecin a eu des doutes, malgré le cas que l'on connaît du marin à Quimperlé, il n'y a pas eu de nouveaux cas depuis.

– Comment va faire le légiste pour déterminer l'origine ?

– D'après ce que m'a expliqué le médecin, il va se baser sur ce qu'on décrit les médecins coloniaux aux Indes. La maladie y sévit depuis longtemps.

Une heure plus tard, le légiste sortit de la bâtisse. Il enleva ses vêtements, son aide y mit le feu rapidement. Il se frotta énergiquement avec de l'alcool. Il fit signer au corbillard qui se tenait non loin. Il avait demandé aux employés de s'équiper pour se protéger.

– Je prends des précautions, mais je suis certain qu'il ne s'agit pas du choléra. Ils ont des traces importantes sur la peau, les pieds présentent des signes d'augmentation importante de la cornée.

– Que voulez-vous dire ?

– Eh bien, lieutenant, il s'agit d'un empoisonnement avec de l'arsenic. Tous les symptômes prouvent une absorption massive, il ne s'agit en aucun cas, d'une intoxication chronique de long terme qui pourrait être dû à de l'eau d'un puits. Ils ont absorbé ce poison récemment et de façon importante.

– Où peut-on le trouver ?

– Comme partout en campagne, on en trouve dans la mort-aux-rats, la « poudre blanche » que délivrent les apothicaires. Je suis sûr que vous allez en trouver dans l'un de ces bâtiments, sur une étagère. À Quimperlé, vous en trouverez en vente chez certains herboristes. On va emmener les corps à la ville, je vais pratiquer une autopsie et voir ce que contient leur estomac. Vous aurez mon rapport dans peu.

– Guillaume, Jérôme, on interroge toutes les personnes du hameau.

3. Rue du Château, Quimperlé.
Avril 1828.

– Non, lieutenant, ce ne sont pas seulement des histoires de paysans bornés et incultes. Votre enquête, telle que vous me l'avez narré, ne sera toujours qu'un épais mystère pour vous, si vous n'êtes pas imprégné des contes et des légendes que l'on raconte dans ce pays depuis des siècles.

L'ancien député-maire, Pierre de la Villemarqué semblait sûr de lui. Il avait quitté ses fonctions de sous-préfet de Quimperlé depuis quelques années, mais y habitait toujours.

– J'ai mis longtemps à comprendre, moi un homme politique, né dans la grande ville de Morlaix. J'ai dédaigné et méprisé fort longtemps les récits, les histoires que l'on raconte le soir, à la veillée, ou plus souvent dans les cabarets des villages. En me retirant de la vie politique voici quelques années, je me suis pris de passion pour ces légendes. J'écris en ce moment les histoires que l'on me raconte. Je pense que je commence à percer leur mystère. N'y voyez pas seulement des fables ! Voyez-y l'âme du pays ! Ainsi vous pourrez comprendre ses habitants et peut-être percer l'énigme des crimes sur lesquels vous enquêtez.

– Vous avez éveillé mon intérêt, Monsieur le Député.

– En Basse-Bretagne aucun mur ne sépare le monde imaginaire du monde réel. Les croyances ont donné naissance à des récits, où les acteurs principaux sont les âmes des morts. Ce sont des certitudes fortes, et les Bretons n'ont pas besoin de se transporter en des temps reculés ou en un pays lointain pour pouvoir aisément y ajouter foi. Ils en sont encore à cet état d'esprit où l'explication d'un phénomène naturel, maladie, mort ou tempête, qui vient tout de suite à l'esprit, est une explication d'ordre surnaturel. C'est l'*Ankou* qui frappe de sa faux les vivants et les emporte sur son char. On raconte, avec la même bonne foi et la même sincérité, qu'un homme a été tué par un arbre qui s'est abattu sur lui lors de l'orage, ou que la fiancée décédée est venue chercher son fiancé qu'on a retrouvé le lendemain, mort sur un chemin près d'un arbre, de bon matin. Si vous voulez comprendre et pénétrer plus avant dans l'âme des Bretons, c'est que la Bretagne est avant toute chose le pays de la mort. Les défunts côtoient les vivants dans une étroite intimité, ils sont mêlés à leur travail et à leurs occupations de tous les jours.

– L'*Ankou*, c'est le diable ?

– Non ! Bien sûr que non ! C'est le messager ni bon ni méchant, il est présent pour annoncer une mort prochaine. C'est l'ouvrier de la mort. Et le dernier mort de l'année, dans chaque paroisse, personnifie l'*Ankou* pour l'année suivante. On le dépeint comme un homme très grand et très maigre, les cheveux longs et blancs, la figure ombragée d'un large feutre. Il tient à la main une faux, mais celle-ci diffère des faux ordinaires, elle a le tranchant tourné en dehors. Aussi, il ne la ramène pas à lui quand il fauche, il la lance en avant. Il voyage sur une charrette, comme celle où l'on transporte les cercueils, tirés par deux chevaux. Celui de devant est maigre, efflanqué, se tient à peine sur ses jambes. L'autre est gras, a le poil luisant, est franc du collier. L'*Ankou* se tient debout dans la charrette. Il est souvent escorté de deux compagnons, qui tous deux cheminent à pied. L'un conduit par la bride, le cheval de tête. L'autre a pour fonction d'ouvrir les barrières des champs ou des cours et les portes des maisons. C'est lui aussi qui empile dans la charrette les cadavres que l'*Ankou* a fauchés.

– Pas très sympathique !

– Non, mais il n'est pas présent pour faire plaisir, il annonce la mort, d'un proche, d'un ami, d'un parent, d'un voisin. Et ceux qui le voient sont des personnes qui ont le don.

– Le don ?

– Oui, lieutenant, le don de voir les signes. Ces signes se manifestent à des personnes que la mort ne menace pas, ils voient pour d'autres. On craint et on montre du doigt les personnes qui ont le don de voir les signes : *« hennés hen eus ar pouar »* ! Celui-là a le pouvoir !

– Quel rapport Monsieur avec mon affaire de meurtre à l'arsenic !

– Je ne peux pas vous aider à trouver l'assassin, mais je peux vous expliquer le pays et les personnes qui y vivent. Cela peut vous permettre de mieux comprendre ce qu'ils vous déclarent et vous disent. Ce que je vous raconte, ce sont les légendes de la mort. Trouver la personne qui possède ce signe, même si vous n'y croyez pas, elle vous expliquera ce qu'elle a vu, et cela vous donnera peut-être des indications, des pistes pour poursuivre votre recherche, le chemin pour parvenir à la vérité.

– Difficile d'y croire, sauf votre respect !

– Trouver le chemin ! Cela me fait penser à une histoire que l'on m'a rapportée il y a peu. Vous ne le savez pas, mais pour se rendre du bourg aux fermes situées dans la campagne, on emprunte de mauvais sentiers, que l'on appelle des « garennes ».

C'est aussi par ces routes que le dimanche, on se rend à la messe et que les corbillards se rendent au cimetière. En hiver, quand ces « garennes » sont défoncées par la pluie, le gel ou la neige, on emprunte les sentiers de traverses dans les champs. C'est pour cela que l'on voit souvent dans nos campagnes, des passages qui longent les vieilles routes. C'est pour cela que l'on aménage des escaliers de pierre sur les talus pour faciliter la traversée. Bref, c'est par ces chemins de traverse que les convois funèbres passent encore, et malgré la construction de nouvelles routes, on continue à emprunter la même voie pour ne pas commettre un sacrilège.

– Pourquoi ?

– C'est par ces chemins, que le défunt avait été précédé par son père, son grand-père, son vieux père[4] et son doux père[5], impossible d'en emprunter un autre, sous peine de malédiction dans la famille. Ils ont pour nom les « chemins de la mort ». Si vous observez bien, vous verrez dans les campagnes, des corbillards emprunter encore ces sentiers défoncés. Malheur aussi au propriétaire qui veut interdire ceux-ci. On m'a expliqué il y a peu de temps qu'un paysan en avait fermé un, sur ses champs, pour éviter que ses bêtes n'aillent s'embourber. Un matin, il eut la surprise de voir un enterrement arrêté devant sa barrière.

[4] Le bisaïeul
[5] Le trisaïeul

« – Que voulez-vous ? demanda-t-il à l'homme qui conduisait la charrette funéraire.

– Passage, parbleu !… De quel droit as-tu bouché le chemin de la mort ?

— Malheureux, si tu engageais ta charrette dans ce pré, je suis certain que tu ne l'en tireras plus.

– C'est par ici que nos morts sont toujours allés au cimetière, c'est par ici qu'ils passeront encore, que tu sois content ou non ! »

Il comprit que ce n'était pas le moment d'entamer une discussion. Il fit enlever la barrière, et la remit en place aussitôt après, avec un écriteau pour interdire le passage par la prairie. Il mourut une semaine plus tard, sa femme me raconta cette aventure et précisant qu'elle avait vu l'*Ankou* une journée avant le décès.

– C'est une fable !

– Fable ou pas, ce que je voulais vous faire comprendre lieutenant, c'est que les récits que l'on va vous faire sur le décès de ces gosses, vous devez non seulement les écouter, mais aussi les comprendre.

4. Manoir de Kervarguet. Kerien

Avril 1828.

Joseph Frossard, se demandait bien ce qu'il mettrait dans son rapport. Il devait le remettre sous peu au procureur, mais que dire ?

Deux jours que les deux garçons avaient trouvé la mort. Le légiste n'avait pas tardé à confirmer ses premières déclarations. Le choléra était écarté définitivement. L'arsenic était bien la cause des décès. Ils étaient revenus dans le hameau, compléter les déclarations, chercher un indice, comprendre ce qui était arrivé.

Vingt-huit personnes habitaient dans le hameau. Les gendarmes avaient interrogé tout le monde, Jean Boulben et sa famille, à savoir sa femme Jeanne Diffon, ses deux fils, Jacques et Louis, les vivants. Alain et François les plus jeunes étaient décédés et les filles, Jeanne et Louise les plus petites, des jumelles nées l'année dernière, ne pouvaient pas parler. Les deux valets de ferme, François Berre, 18 ans, Jean Dayou, 17 ans semblaient perdus et effrayés. Les servantes Louise Saouten, 23 ans qui s'occupait des nourrissons, et Isabelle Pensec, 27 ans cuisinière et femme de chambre, étaient souvent ensemble en se tenant par la main. Le frère Mathurin Boulben vivait dans la longère à côté du manoir du chef de famille Jean Boulben. Il avait épousé Louise Flécher, quatre ans plus tôt, et chaque année avait vu une naissance dans la maisonnée, Périnne, Marie-Anne, Maria, et le petit dernier Étienne. L'autre famille, les Moulic, habitait dans les deux masures non loin. Thomas et Reine les plus âgés représentaient les ancêtres du hameau. Leur fils Thomas, sa femme Françoise et leurs deux fils, à peine plus âgés que les deux petits morts, Jean et Simon tremblaient en s'accrochant à la jupe de leur mère. Restaient les deux autres familles, des journaliers qui travaillaient pour les Boulben, Les Auffret, Jean et Jeanne, leurs deux marmots qui tenaient à peine sur leurs jambes, et les Christien, Daniel et Anna essayant de calmer tant bien que mal les deux jeunes gamins, Corentin et Pierre.

– Les interrogatoires préliminaires n'ont rien donné, lieutenant.

– Tu as raison, Guillaume. La seule certitude est le fait que les deux jeunes garçons sont partis le matin garder les vaches dans le champ à côté, ils sont revenus dans l'après-midi, ils se plaignaient du ventre, les souffrances ont augmenté. Les autres personnes du hameau n'ont rien et n'ont pas été empoisonnées. En conclusion, et le légiste est d'accord, l'absorption a eu lieu durant la journée quand ils étaient dans les champs. Mais on ne trouve pas dans la nature de l'arsenic en quantité suffisante pour provoquer la mort en aussi peu de temps. Quelqu'un a dû leur donner de la poudre blanche, mais deux questions : comment et pourquoi ? Des ennemis connus qui en veulent à la famille, Jérôme ?

– Non, lieutenant, la famille est connue, respectée et même aimée dans la région. Ils ont la réputation d'aider les pauvres et font travailler ceux qui en ont besoin. Les domestiques et les servantes aiment leurs patrons. L'autre famille, les Moulic les apprécient. Même pas de jalousie, et je peux vous dire que c'est rare dans la région.

– Donc, un étranger au hameau, mais pourquoi les mômes, la seule explication c'est qu'on voulait nuire aux Boulben. Il faut trouver la raison.

– Il reste la déclaration de la servante, lieutenant.

– Quelle déclaration ! Jérôme, j'espère que tu ne vas pas croire ses sornettes.

– Lieutenant, il faudrait quand même la consigner.

– Bien, si tu veux ! Raconte à Guillaume, ce qu'elle t'a dit.

– C'est confus, mais… en fait elle a indiqué que ce matin, elle s'est rendue au petit jour au bourg avec du lait dans une petite charrette. Elle a l'habitude de s'y rendre deux fois par semaine pour y vendre le lait frais de la ferme aux habitants. Il faisait à peine jour. Isabelle s'est trouvée tout à coup devant une autre charrette, un paysan la conduisait en tenant le cheval par la bride. Elle a eu juste le temps de se garer avec sa voiture, dans le fossé. Elle a vu que l'autre convoi contenait deux petits cercueils. Derrière venaient le porteur de croix, puis un prêtre, qu'elle n'a pas reconnu, et enfin le cortège funèbre. Marie ne fut pas autrement surprise de voir que celui-ci était la famille des jeunes garçons. Ne comprenant pas ce qui se passait, elle rentra tout de suite à la ferme, mais tout semblait normal. Elle raconta ce qu'elle avait vu à la nourrice Louise. Celle-ci lui dit qu'elle était folle, et qu'elle ferait mieux de se taire au lieu de raconter des sornettes. Les maîtres ne seraient pas contents d'entendre ses bêtises. Isabelle se tut, mais elle en parla par la suite aux Moulic, qui me l'ont rapporté. Quand elle a vu les deux garçons revenir malades et par la suite mourir, elle est tombée évanouie.

– Décidément, c'est un pays de fou. J'aurais dû être affecté dans les colonies, c'est moins dangereux !

– Ne dis pas cela, Guillaume, elle a le don.

– Quel don ? De quoi, tu parles Jérôme ? Lieutenant, il est devenu fou !

– Vous savez dans chaque paroisse du pays, il y a une personne qui sait attirer la mort sur quelqu'un, et aussi une personne qui voit les signes de la mort. Enfin, c'est ce que l'on dit.

– Jérôme, je me vois mal faire un rapport au procureur du roi, et lui expliquer que j'ai consigné la déposition d'une servante qui a le don de deviner la mort de quelqu'un. Et que le matin des décès, elle a vu deux petits cercueils que suivait la famille Boulben, quelques heures avant le drame. Par contre, ta réflexion sur le fait qu'il existe des personnes qui savent donner la mort, que veux-tu dire ?

– On dit que le sorcier vous remet un sachet avec une mixture qui contient diverses choses et apporte le malheur sur celui à qui l'on veut nuire.

– Et d'ici à ce que le sachet contienne de l'arsenic. Bon, as-tu enquêté sur ce produit néfaste ?

– Oui, lieutenant ! Jean Boulben en avait acheté il y a peu à Quimperlé, pour éradiquer les rats qui recommencent à pulluler dans les champs et les granges. Mais la boîte est encore fermée, et pleine. On ne s'en est pas servi.

– Il faut inspecter le champ où ils gardaient les animaux, Guillaume, demande à l'un des valets de nous accompagner.

Accompagnés du plus jeune, Jean Dayou, ils laissèrent leurs montures attachées à l'une des granges, et partirent à pied contourner les habitations à travers un chemin qui les menèrent au nord du hameau. Ils continuèrent sur quelques centaines de mètres.

– C'est ici, les vaches sont encore là. Mais c'est le cadavre du chien du maître qui est couché, là-bas !

De petite taille, il était allongé à terre, la langue pendante, mort manifestement.

Ils s'approchèrent de l'animal.

– Jérôme, va chercher un sac, on va l'emmener. Je vais demander au légiste de donner un avis, mais cet animal semble avoir trouvé la mort de la même façon que ses jeunes maîtres.

– Pourquoi tuer cet animal ?

– Je ne pense pas qu'on l'a tué volontairement, Guillaume. Il a dû partager une partie de la nourriture qu'on mangeait les jeunes garçons, et il est mort empoisonné lui aussi. Toi, sais-tu si les gamins sont partis avec de la nourriture ce matin-là ?

– Non, Monsieur, sans ! Ils devaient rentrer pour le repas du midi. Les deux autres frères devaient les remplacer. Ils ne sont pas revenus à l'heure voulue. Jacques et Louis sont allés les rechercher. Au même moment, ils sont revenus en se tordant de douleur. Le maître Jean leur a demandé ce qu'ils avaient. Le plus petit a dit que depuis qu'ils avaient mangé du gâteau, ils avaient commencé à avoir mal.

– Le gâteau, quel gâteau ?

– Je ne sais pas Monsieur, mais ils n'avaient pas emporté de gâteau de la ferme, c'est sûr.

– Et après, qu'ont-ils dit ?

– Après, ils ont continué de crier, puis à vomir et se plaindre de crampes. Ils ont déliré par la suite.

– Que disaient-ils ?

– Le plus âgé disait que la dame leur avait dit que son gâteau était délicieux, et qu'ils devaient en manger, elle l'avait fait pour eux. Il a dit aussi que, cette fois-ci, elle leur avait fait peur avec sa faux.

– La dame portait une faux ?

– Les paroles étaient incohérentes, on n'a pas compris.

– Où mène ce chemin ?

– À dextre, c'est le domaine de la Clarté. À senestre, c'est le village de Lannegenn.

– La distance entre les deux ?

– Moins d'une lieue, en passant par cette garenne.

– On l'emprunte souvent ce chemin ?

– Plus trop, non, il existe maintenant une voie plus longue, mais la route est meilleure, elle longe le Naïc[6]. Par celui-là, c'est un peu plus d'une lieue.

– Des faux, on en porte souvent dans les environs ?

– Pas en ce moment, ce n'est pas la moisson.

– Il a bien dit : « cette fois-ci » ?

– Oui !

– Donc, ils l'avaient déjà vu sur la route.

[6] Affluent de l'Ellé, le cours d'eau chemine entre le Finistère et le Morbihan.

5. Rue du Château. Quimperlé.

Mai 1828.

Pierre de la Villemarqué marqua une pause devant Joseph, et le regarda longuement.

– Que savez-vous de la vie des habitants de notre région, lieutenant ?

– Pas grand-chose, Monsieur le Député, comme vous le savez, je viens du nord de la France, j'ai découvert le pays avec surprise, lors de mon affection à la brigade de Quimperlé.

– L'arrière-pays est assez pauvre, mais pas le littoral et les villes qui ont pu se développer et créer des fabriques. Pour la côte, disons proche de dix à vingt kilomètres de la mer, la pêche, le commerce et la terre plus fertile ont permis un développement plus important. Les échanges ont facilité la transformation de l'agriculture. Mais pour les terres de l'intérieur, et Kerien en fait partie, elles sont plus arides, les techniques de culture n'ont pas beaucoup évolué depuis des siècles, et les mentalités sont à l'image. Les habitations sont proches des champs, tout est centré sur la terre et le bétail que l'on possède. On se rend dans les villages ou les hameaux par des chemins difficiles et rocailleux comme vous avez pu le constater. Les paysans qui y vivent sont le maillon d'une chaîne quasi immuable depuis des générations.

Leurs ancêtres y sont nés, eux aussi et ils vont y mourir. Les paysans ne bougeront pas de leur lopin de terre, sauf bien sûr quelques propriétaires plus riches, comme ce Jean Boulben. Ils vont passer leur vie à agrandir leur bout de terre, à accroître le nombre de leurs bêtes, mais ils ne penseront jamais à vouloir changer de condition. Ils n'enverront donc pas leurs enfants à l'école pour étudier, à quoi bon ? Ceux-ci viendront, dès leur plus jeune âge, agrandir cette chaîne paysanne qui traverse les siècles depuis fort longtemps. Avez-vous remarqué les habitations ? Pour certaines, elles sont construites comme avant même le développement de la religion chrétienne, du temps des peuples celtes qui habitaient cette région. La pièce principale leur sert de salle à vivre, pour manger, dormir, veiller, et travailler quand on n'est pas dans les champs. Le sol est en terre battue, le foyer permet de se chauffer et de cuire les aliments. Pour les demeures les plus modestes, les « loges », ce sont des pièces au foyer central surmonté d'une cheminée avec un conduit à peine construit, elles ne sont pas si différentes des huttes des tribus gauloises. On y trouve cependant des manoirs, anciennes demeures seigneuriales, transformées en ferme. La maison moyenne est plus courante, et a souvent deux pignons. Chacun a son foyer, l'un pour se chauffer, l'autre pour cuire des plats qui ne varient guère, une soupe aux pommes de terre avec du lard. La farine et le seigle sont donnés au meunier, on en garde une partie pour sa consommation. Le froment est rare, alors quand il n'y en a plus, on fait des crêpes au Sarrazin, le « blé noir », on économise ainsi la précieuse denrée. La disposition des meubles dans ces demeures est la même, le long du mur, les lits clos et les armoires sont souvent la seule richesse du lieu. Les ouvertures sont étroites, il faut économiser la chaleur, les murs en pierre de taille de granit du pays sont froids l'hiver. Toutes les maisons du village ou du hameau sont disposées autour d'une place centrale plus ou moins grande, où l'on fait cuire le pain dans le four commun, et où l'on va puiser l'eau du puits.

– C'est une vie pauvre !

– C'est la seule qu'ils connaissent, mais ne croyez pas qu'elle soit triste. Leur univers est constitué des champs, des prés, des landes qu'ils connaissent par cœur, avec les talus, les arbres, les mottes de terre, les petits cours d'eau et les souches qu'ils croisent tous les jours. Le dimanche, ils se rendent au bourg soit pour aller à la messe, soit pour aller au bistrot, soit les deux. Ils connaissent tous les gens de leur village. Ils ont souvent de bonnes relations, en dehors des problèmes de jalousie et de haine séculaire, souvent liés à un lopin de terre qu'on se dispute et dont on ne connaît plus le véritable propriétaire. Car les échanges, les accords, les arrangements ne sont pas écrits, sauf pour les plus riches et les plus instruits. On ne passe pas devant le notaire. On s'arrange, on se tape dans la main, et la génération suivante a oublié l'accord et revendique le bout de terrain. Le dimanche, la famille en profite pour faire quelques emplettes au bourg, et pour rencontrer les autres membres de la famille qui pour l'essentiel, habite la même paroisse. Ils sont souvent cousins, proches ou lointains, et pour ceux qui ne le sont pas, les familles se connaissent depuis des siècles. Toute cette population paysanne est casanière.

L'idée du voyage, de découvrir autre chose ne leur vient pas à l'esprit. La fête, ils la font ensemble, toutes les occasions sont bonnes, naissances, baptêmes, communions, fiançailles, mariages, enterrements, et les autres occasions aussi, comme les pardons[7], la fin des moissons et le changement de saison. Parfois, en de rares occasions, on fait un « grand voyage », on se rend au bourg voisin, ou à la ville, pour vendre ses produits, beurre, œufs et volailles, ou pour vendre ou acheter une bête. Là, on se compare avec les habitants d'autres régions. On scrute les costumes, les coiffes. On s'aperçoit que les expressions et les mots sont différents. On se glorifie alors d'appartenir à la contrée la plus belle de la région, qui a les plus belles coiffes, les plus beaux costumes, le plus pur « parler » breton. On est fier de faire partie d'un pays pas plus grand que le canton. Les autres, les étrangers, ceux qui sont moins bien, ils habitent juste à quelques dizaines de kilomètres de chez eux.

– Existe-t-il une hiérarchie parmi eux ?

– Oui, elle est importante ! La personne centrale c'est le pasteur, le recteur de la paroisse. Dans votre région, comme partout en France, on l'appelle le curé ou le prêtre, ici c'est le recteur, celui qui dirige. Il est le ciment, le guide spirituel et le directeur des consciences. On va même lui demander si on peut rentrer les récoltes ou le foin avant l'orage. Il est le garant du code moral de la communauté depuis des générations. Même les seigneurs et les nobles se plient à ses décisions. C'est peut-être lié à un héritage de la fonction des druides d'avant. Ces guides

---

[7] Pèlerinage spécifique à la Bretagne, composé d'une messe et d'un parcours extérieur sur un lieu considéré comme sacré. De nos jours, il y a encore des milliers de pardons en Bretagne tous les ans.

sont parfois tolérants, notamment avec la boisson. Un écrivain avait écrit que le paysan breton boit en signe de réjouissance aux jours d'abondance, et boit pour se consoler aux jours de disette. Il a deux consolations dans la vie, l'église et le cabaret, Dieu et l'eau-de-vie. Par contre ces mêmes guides fustigent les danses qui sont les chemins du démon, et le biniou qui en est sa voie.

– Si je vous entends bien, c'est le recteur de Kerien que je dois aller voir, pour mieux comprendre notre affaire ?

– Peut-être, car il a entendu, n'en doutez pas, le meurtrier en confession. Il ne vous donnera pas son nom, mais s'il pense qu'il peut encore tuer son prochain, alors il vous donnera un indice.

– Je vais aller le voir !

– Je vais vous raconter une histoire que l'on m'a contée il y a quelques années, je pense qu'elle contient un fond de vérité comme toujours. Jadis, sur la route de Quimper, se tenait une auberge tenue par un homme et sa femme. Comme domestique, ils avaient une jeune servante. Elle s'était mise en tête de devenir la patronne, pour cela il fallait épouser l'aubergiste, et pour l'épouser, il fallait que la femme meure. Elle mit longtemps à imaginer comment faire. Elle trouva enfin que le poison était le plus sûr moyen de l'envoyer au paradis ou en enfer, peu importe. Elle se mit à cuire des crêpes, elle savait que la patronne, fille gourmande, mangeait souvent la première qui était cuite. Elle y ajouta donc de la poudre blanche, comme dans votre affaire. Arriva ce qui devait arriver, la patronne mourut, et au bout de quelques mois, grâce à ses charmes, elle avait amené l'homme à devenir amoureux d'elle, et à la rejoindre dans son lit. Cette servante, passant devant l'église peu de temps avant le mariage et pour éviter toute malédiction par la suite, pensa à aller se confesser de son crime. Le recteur l'entendit sans aucun étonnement, et lui dit d'aller faire pénitence en se trouvant le soir même, à côté du dernier mort de la paroisse, pour le veiller. Il lui indiqua une maisonnée. Quelques heures plus tard, la servante se retrouva à sa grande surprise, dans une chambre à côté de celle qu'elle avait empoisonnée. Elle la vit allongée dans le lit, comme si la morte venait de trépasser. Ne comprenant pas, elle voulut se sauver, mais elle ne pouvait plus bouger. Peu de temps après, elle vit le recteur pénétrer dans la chambre et lui dire que c'était à la morte qu'il fallait se confesser. Le lendemain matin, l'aubergiste retrouva sa promise, dans la chambre, morte. Elle était dans le lit, de l'écume à la bouche, les yeux grands ouverts. L'homme courut chercher le pasteur, pour lui expliquer ce qui venait d'arriver. Celui-ci lui dit qu'il fallait annoncer partout et à tous que sa servante était morte, car elle n'aurait jamais pu remplacer sa femme.

— Si je vous comprends bien, Monsieur le Député, les pasteurs bretons sont parfois aussi des juges !

6. Château de Saint-Quijeau, Lannegenn.
Mai 1828.

Le lieutenant n'avait pas beaucoup avancé dans son enquête. Son rapport avait permis d'écarter définitivement le choléra comme cause de la mort, mais Qui ? Pourquoi ? Cela restait des questions sans réponses. Le Comment était plus facile à comprendre. L'autopsie avait révélé l'absorption d'un gâteau, du chocolat[8] et de l'arsenic en dose massive. Le légiste Jean-Philippe Command avait confirmé.

– Impossible de deviner lorsqu'on l'ingurgite, que c'est de l'arsenic. Aucun goût, juste la couleur pourrait révéler le poison, mais avec du chocolat, je pense que les gamins ont été émerveillés. C'est rare de manger un gâteau avec du chocolat dans la région, c'était peut-être la première fois de leur vie, qu'ils en goûtaient, et malheureusement la dernière.

– Vous me donnez une idée pour mes recherches. On trouve le chocolat dans les officines de pharmacie ou les apothicaires. On va s'informer si des personnes ont pu acheter en même temps de l'arsenic et du chocolat.

[8] A l'époque, il est surtout utilisé pour ses vertus médicinales supposées. Il commence à devenir un aliment de plaisir à cette époque avec la création des premières usines. La « pâte à cacao » date de cette époque.

Toujours accompagné des deux gendarmes, Jérôme s'était déplacé sur le village de Lannegenn. Aussi peuplé que Kerien, le bourg était situé dans le département du Morbihan. Les frontières des deux territoires chevauchaient les rivières. Ils s'arrêtèrent dans une vaste demeure, et demandèrent à rencontrer le propriétaire, maire du village. Ils avaient de la chance, pour une fois, il se trouvait dans sa commune. Le comte Hyacinthe de Botdéru avait été élu député sous la seconde restauration en 1815. Il était le plus souvent dans la capitale, mais venant d'être élu Pair de France depuis peu, il était rentré au pays pour se montrer à ses concitoyens. Le fait de recevoir des gendarmes qui enquêtaient sur un meurtre commis non loin de sa bourgade allait montrer à ses administrés qu'il s'intéressait aux affaires du pays, ce dont les habitants doutaient quelque peu. Avoir comme maire, un membre de la Haute Assemblée, capitaine des chasses de Bretagne pour le Roi, général de cavalerie, officier émigré durant la révolution, avait été présenté au feu roi Louis XVI et à la reine Marie-Antoinette, les habitants avaient pensé que la gloire allait rejaillir sur le bourg. Finalement non ! Le personnage célèbre n'avait rien apporté de conséquent, à par peut être que la localité avait été citée dans les gazettes de Paris, grâce au discours prononcé en 1816 par leur maire à l'Assemblée sur le projet de loi d'amnistie proposé par le ministre du Roi, mais pour lequel, plus personne ne se souvenait de ce qu'il avait dit.

– Bonjour, Monsieur le Comte. Merci de nous recevoir. Vous connaissez l'affaire qui nous envoie. Nous voulions avoir votre sentiment et votre avis.

– Lieutenant, je connais la famille Boulben, enfin surtout le père Alain. Il possédait des terres sur Meslan, non loin d'ici. À l'époque, ce village était rattaché à la paroisse de Guiscriff, et faisait partie du diocèse de Cornouaille. Toute la région était administrée par l'évêché de Quimper. C'est durant la révolution que l'on a érigé Meslan et Lannegenn en commune, des territoires ont été rattachés au département du Morbihan, d'autres au Finistère, alors qu'ils ont tous fait partis de la même entité administrative depuis la fin de l'Empire romain, et le début de la chrétienté. Le concordat les a fait dépendre du diocèse de Vannes, une aberration ! C'est comme cette bourgade de Kerien, elle comprenait Tremeven, Locunolé et Saint Thurien, un territoire important, c'est la Révolution…

– Et la famille Boulben, Monsieur le Comte ?

– Des propriétaires importants, ils étaient établis sur le domaine du Clandy. Ils possédaient un petit manoir, des terres en abondance, un troupeau conséquent.

– Vous parlez au passé, Monsieur Le Comte.

– Oui, tout cela a presque disparu, la propriété a été vendue par lot, ainsi que le bétail et les maisons, il ne reste plus grand-chose du domaine. Les enfants sont partis dans des paroisses voisines, comme le Jean, qui s'est établi sur Kervarguet. Mathurin s'est installé avec lui quelques années après. Marguerite, la fille est morte peu de temps après sa mère, au début de cette décennie, on en a beaucoup parlé dans le pays.

– Que s'est-il passé ?

– On pense qu'elles sont mortes du choléra à quelques semaines d'intervalle. Par la suite, les gens du village ne sont plus passés par le hameau, il a été déclaré maudit, Alain, le chef de famille est mort de désespoir, l'année dernière, il était presque le dernier à vivre dans ce lieu qui a souvent été synonyme de malédiction.

– Et pourquoi ?

Le comte regarda avec dédain le gendarme David qui avait posé par réflexe la question.

– Clandy, en vieux breton cela signifie littéralement la maison des malades. On pense qu'il y avait une léproserie au Moyen Âge. Cela n'est pas fait pour rassurer la population. Et puis, dans la région, un cours d'eau qui reste à sec porte le malheur. Ce fut le cas d'un petit affluent de la Noguette, le petit fleuve qui traverse le village, lors des faits que je vous ai décrits.

Les gendarmes se regardèrent surpris.

– C'est une superstition qui date du Moyen Âge et des épidémies de peste qui sévissaient. On raconte encore dans la région, une légende qui fit que Meslan fut épargnée. Les gens du pays vous raconteront que la peste est une personne boiteuse, mais cela ne l'empêche pas de courir aussi vite que le vent. Par contre, elle ne peut pas traverser les cours d'eau. Pour les franchir, elle est obligée de demander à quelqu'un de la porter sur son dos. Un vieux de Meslan la rencontra un jour sur les bords de la Noguette. Assise, elle regardait l'eau. Elle venait de Lannegenn qu'elle avait dépeuplé en tuant presque tous les habitants. Elle demanda au vieux de la porter sur son dos, pour lui faire traverser la rivière. Celui-ci ne la connaissait pas, et voulut bien lui rendre service. Mais arrivé au milieu du guet, elle lui semblait peser de plus en plus fort sur ses épaules, au risque de le noyer. Il s'arrêta et lui dit qu'il la laissera là, de peur de mourir. La peste lui supplia de la ramener sur la berge qu'ils venaient tous deux de quitter. Se faisant, il sentit son fardeau devenir de plus en plus léger. C'est ainsi que les paysans disent que le lieu fut épargné. Lorsque le cours d'eau devient sec, ils sont persuadés que les maladies tueront les gens du hameau du Clandy. Évidemment la superstition de mes administrés est immense, mais que voulez-vous, cela fait partie de leur vie.

– Monsieur le Comte, pensez-vous qu'il existe encore des témoins, valet de ferme, servantes, métayers qui pourraient nous renseigner sur les évènements ?

– On m'a dit que l'un des valets de ferme, François habite non loin d'ici, sur le hameau de la Clarté, François Bregardis. Il était jeune au moment des faits. Il était employé à la ferme, son oncle et sa tante, Yves et Jeanne travaillaient aux champs. Il vous renseignera peut-être. Évidemment, mes administrés disent que cette malédiction s'est transportée sur le hameau de Kervarguet, et qu'elle poursuit la famille.

– C'est une affaire criminelle, Monsieur le Comte !

– J'entends bien, mais comme ils ne peuvent pas expliquer les malheurs qui semblent poursuivre les Boulben, ils ont vite fait d'évoquer des puissances surnaturelles qui viendraient les punir.

7. Rue du Château. Quimperlé.
Mai 1828.

Pierre de la Villemarqué regarda le lieutenant.

– Connaissez-vous l'histoire de ce pays de Cornouaille.

– Non, Monsieur, je dois l'avouer.

– Si vous avez un peu de temps, je vais vous l'exposer. Le pays s'est construit au moment de la décadence et de la disparition de l'Empire romain. À l'époque, les bandes de pillards et de déserteurs dévastaient le pays. Les côtes étaient ravagées par les pirates venant de la Saxe, de la Frise et de l'Écosse. Un empereur romain, dont tout le monde a oublié le nom, Constance Clore, arriva à défendre et à pacifier le nord-ouest de l'Empire, dont la petite Bretagne et la Grande-Bretagne faisaient partie. Il déplaça des « Bretons », de l'île, la « Britania », en Armorique, l'ancien nom de ce pays. Ceux-ci étaient issus d'une tribu celtique, les « Cornovii », fidèle à Rome, et qui vinrent s'installer sur les côtes bretonnes pour les défendre. Avant, l'Armorique désignait les territoires de l'Ouest entre la Seine et la Loire. Le nom veut dire en Celte, « le pays qui fait face à la mer ». Des peuplades gauloises l'occupaient, et avant des clans néolithiques. Celles-ci avaient laissé les monuments que l'on voit un peu partout, menhirs et dolmens.

– Que représentent-ils ?

– Pour certains spécialistes, ce sont, des cairns[9], qui accueillaient des chambres funéraires, les dolmens, des lieux de mort. Pour les autres, ils représentaient des hommes et des évènements, et comme ces peuples étaient de tradition orale, chaque homme important de la tribu et chaque histoire le concernant était décrit. Après quelques générations, cela devenait les alignements de menhirs qui se dressent encore. Ce sont des lieux de vie. Plus tard, les tribus gauloises seront vaincues par Jules César, décrit dans la Guerre des Gaules. La plus combative fut celle des Vénètes, il faillit se faire battre par elle. Elle habitait la région de Vannes. À la fin du IIIe siècle, les « Cornovii », venant de Galles, peuplaient le pays. Ils seront suivis par la suite par une colonisation massive de tribus britanniques, fuyant les invasions régulières de leur île par les Pictes, les Scots, les Saxons et les Angles. Ils étaient accompagnés ou guidés par des dignitaires chrétiens, qui deviendront par la suite, les sept saints fondateurs de la Bretagne, et qui formeront les diocèses existants : Saint-Malo, Dol de Bretagne avec Saint Samson, Saint-Brieuc, Tréguier avec Saint Tugdual, Saint-Pol-de-Léon, Quimper avec Saint Corentin

[9] Amas de pierre et de terres construit par des hommes, et marquant un évènement particulier. On les désigna aussi sous en France sous le nom de montjoie, et en Allemagne sous le nom de steinmann, soit littéralement petit homme. En Bretagne, on retrouve le mot « Kam » ou « Carn », d'où les noms de Carnac, Carnoët, etc…

et Vannes avec Saint Paterne. À la chute complète de l'Empire romain, il semble qu'il ait existé un royaume de Cornouaille, dont on parle encore dans les récits et les légendes arthuriennes, avec des rois comme « Marc'h » et des cités englouties comme celle de « Ker Ys ». À cette époque, Rennes et Nantes restaient rattachés à la civilisation latine et ne faisaient pas partie du pays. Ils ne rejoindront ce qu'on appellera la Bretagne que plus tard, après les invasions du roi Nominoë, qui vécut au IX siècle, et qui, profitant des guerres de succession après la mort de Charlemagne, s'octroya les deux villes et devint ainsi, ce qu'on appelle maintenant le père fondateur de la patrie bretonne.

– Ainsi on avait le territoire actuel de la Bretagne.

– Détrompez-vous, il était plus important, Nominoë avait conquis une partie de la Normandie, du Maine et de l'Anjou. La guerre faisait rage entre l'Armorique et la Neustrie, c'était le nom donné à une partie du territoire des Francs. Et c'est la Bretagne qui gagna. Le roi Charles le chauve perdit des batailles et dut reconnaître la primauté de ce royaume. Après la défaite de Jengland[10], une localité entre Rennes et Nantes, le traité d'Angers reconnut le titre de Roi au fils de Nominoë, Erispoë. Ce qui va démanteler une partie du territoire de ce royaume, ce sont les Vikings qui viendront par leurs excursions saper l'unité

---

[10] Le lieu de la bataille est indécis, localisée soit, à Beslé, lieu dit de la commune de Guémené-Penfao en Loire-Atlantique, soit au Grand-Fougeray (Ille-et-Vilaine), soit à Juvardeil (Maine-et-Loire), 120 km à l'est.

de celui-ci, et par un coup d'audace de Charles Le Simple, le nouveau roi des Francs, qui en 911 octroie ce territoire aux Normands qui occupent la Loire, alors qu'il n'a aucune autorité sur celui-ci.

– Je commence à comprendre, les Bretons n'ont jamais été vaincus par les Francs et leurs successeurs.

– Vous commencez à comprendre.

– Mais le rapport avec mon affaire de meurtre des deux jeunes garçons ?

– On y arrive. L'histoire de ce pays vous démontre que la culture, les coutumes, les mentalités diffèrent de la région d'où vous venez et des autres régions de France. Dans les siècles qui suivirent, des milliers de manoirs se construiront un peu partout dans le pays. Des petits seigneurs locaux ruraux s'installeront et auront une proximité de vie avec les paysans. Ils vivront comme eux, ou presque comme eux. Ils auront juste un peu plus de biens, mais rien à voir avec les grands du Royaume de France ou les aristocrates français. Je suis le contre-exemple de ce que je viens de dire. Mon aïeul Geoffroy Hersart de la Villemarqué était le forestier[11] héréditaire, et cité en 1250 à Lamballe, une ville de l'Évêché de Saint-Brieuc. Mais ne parlons pas de moi ! Ceux qui possèdent un manoir sont donc considérés comme les seigneurs du lieu. Ce que vous avez vu dans le village de

[11] Désignait un officier du Roi de France qui administrait un territoire, vient du vieux flamand, « forst », signifiant comte.

Kervarguet est courant. Le hameau des Boulben est isolé, et le chemin pour y aller est une route resserrée entre les fossés, juste assez large pour une voiture. La maison possède de petites fenêtres, ressemblant à des meurtrières, et des portes étroites. La ferme évoque l'idée d'un petit château féodal utilisé pour la défense des terres alentour.

Le manoir, c'est le terme qui désigne en Bretagne ce type d'habitation où le petit propriétaire paysan a pris la place de l'ancien hobereau sans rien changer aux cadres de la vie et de la propriété d'avant. Il reprend pour son compte la conception ancienne du seigneur : maître sur sa terre, mais également isolé du reste du monde. Il règne sur celui-ci avec ses valets, ses journaliers, et ses servantes, mais aussi sur sa femme et ses enfants. Tous dépendent de lui. Il donne le travail, la nourriture, le logis, l'argent. Il a souvent le pouvoir de basse justice, comme les féodaux d'antan. On ne remet pas en doute son autorité. Lorsqu'on s'en prend à lui ou à sa maisonnée, il faut y voir un signe de vengeance qui vient souvent d'une autre famille, et dont les liens de haine sont profonds. Mais cela ne sera pas un paysan ou un habitant de son hameau, de son manoir. Non, il s'agira de quelqu'un d'étranger, même s'il habite à quelques kilomètres du lieu.

– Vous voulez dire que je ne dois pas chercher dans les personnes qui habitent le lieu, mais dans un autre village.

– Vous allez méditer les faits suivants. En Bretagne, le régime féodal a été rationnel. Les conditions de vie, de privilèges et d'obligations entre le maître et le domestique, entre le seigneur et le paysan ont été librement consenties. Des usages qui nous paraissent bizarres maintenant avaient leur raison d'être, puisqu'ils se sont établis sur des siècles. Il est donc normal pour eux que les droits et les devoirs soient différents entre l'homme instruit et l'ignorant, entre celui qui donne et celui qui reçoit. Au-delà de cette dépendance, il existe la reconnaissance et la fidélité. À de très rares exceptions, les domestiques, les servantes, les valets ne feront rien qui portera atteinte à la dignité, à la vie ou à l'honneur de leur maître, fut-il juste un paysan propriétaire, un peu plus riche qu'eux. Chercher l'assassin partout, mais pas dans le hameau de Kervarguet.

8. Domaine de la Clarté. Kerien.
Juin 1828.

Joseph Frossard se disait que cette enquête était au point mort, aucune avancée significative, aucun indice probant, aucune piste sérieuse depuis le début. Si l'on devait en faire un résumé, cela tenait sur quelques lignes d'un rapport. Deux jeunes garçons du hameau de Kervarguet, sur la commune de Kerien, étaient morts empoisonnés un jour d'avril 1828 par une absorption massive d'arsenic, mélangé à un gâteau. Tous les habitants avaient pu établir un alibi les uns pour les autres lors de cette journée. L'empoisonnement avait eu lieu lors de la garde d'un troupeau de vaches, dans un pré à quelques centaines de mètres des demeures, et leur chien, qui avait dû absorber des restes était mort également.

Voilà, tout était dit, rien à ajouter. Le procureur avait dit de transmettre le rapport au juge d'instruction Bernard Abyven, qui n'étant pas très content de l'enquête du lieutenant, lui avait demandé à quoi il servait. Le seul aspect positif de tout cela, c'est que Jérôme en allant interroger les pharmaciens de Quimperlé avait fait la connaissance de la belle institutrice Thérèse Leibrecht. Dans l'officine de l'un d'entre eux, il avait croisé son regard, elle lui avait souri. Lorsqu'il était sorti de la boutique, il l'avait attendue et sous prétexte d'un renseignement, lui avait parlé.

– Connaissez-vous les adresses des autres pharmaciens de la ville ?

– Oui, je vais vous les indiquer.

Il l'avait accompagnée un bout de chemin, et lui avait demandé si elle acceptait de se promener dimanche prochain avec lui, elle avait accepté.

Le jour arriva. Elle lui parla des difficultés de son métier dans cette ville.

– Les premières semaines d'enseignement ont été très difficiles. Je n'ai pas trouvé beaucoup d'aide de la part de la municipalité pour me faciliter la tâche. J'enseigne à l'école publique laïque, et en plus je suis une femme. Bien sûr, ma classe ne se compose que de petites filles, mais justement les mentalités font, et même en ville, que l'on perçoit mal pourquoi on doit enseigner les bases de la lecture, de l'écriture, de l'orthographe et du calcul à des petites qui de toute façon deviennent des servantes, des paysannes, ou des femmes au foyer dans les milieux bourgeois pour élever les gosses.

– Les changements liés à la République et à l'Empire qui ont conduit à une scolarisation plus importante en France n'ont pas transformé les mentalités ?

– Non, le pays reste dans la plupart des cantons déchiré et pauvre. Seuls les curés, enfin les pasteurs enseignent le catéchisme les dimanches et les jours de fête aux enfants des campagnes, durant l'été. Depuis près de 20 ans, un système d'éducation différent s'est répandu dans les villes, un peu plus ouvertes aux méthodes pédagogiques, mais ici, on rencontre encore la résistance du clergé local. Cela a déclenché une réaction des Évêques, qui ont créé un nouvel ordre religieux de frères enseignants. Ils envahissent les campagnes et propagent un peu d'éducation dans l'arrière-pays[12].

L'après-midi se poursuivit, mais plus dans des considérations générales. Ils parlèrent de leur vie, de leur enfance, de leurs souhaits, de leur avenir, et décidèrent de se revoir le dimanche suivant. Encore une semaine à attendre !

– Lieutenant, que va-t-on faire à la Clarté ?

David le rappelait à l'ordre, sinon, il aurait continué à évoquer de doux souvenirs.

– On va voir le valet de ferme qui travaillait sur le hameau du Clandy. Il a connu la famille Boulben à l'époque. J'espère qu'il pourra nous dire ce qui s'est passé.

Le lieu était plus important qu'un simple hameau. Le Lezennet était un village, il était connu sous le nom de la Clarté,

---

[12] Il faudra attendre la loi Guizot de 1833, pour que toutes les communes soient dans l'obligation d'ouvrir une école d'enseignement primaire, et de rémunérer un enseignant. Mais la scolarité n'était ni obligatoire, ni gratuite.

à cause de l'église Notre-Dame de la Clarté qui se dressait depuis des siècles sur le lieu. Le village avait été la propriété d'une riche famille noble de la région, les Tinténiac. Depuis la révolution, elle faisait partie de la commune de Kerien.

Ils entrèrent à la taverne et demandèrent où ils pouvaient trouver François Bregardis. Les conversations s'arrêtèrent, les hommes les regardèrent, surpris.

– Il est là le François, avec les autres.

S'approchant de la table, le lieutenant fit signe aux personnes de partir, il voulait être seul avec le valet de ferme.

– Tu as connu la famille Boulben sur le lieu du Clandy, il y a quelques années, je voudrais que tu me racontes ce qui s'est passé. On dit que le malheur s'est abattu sur elle.

– Pour sûr, j'étais jeune à l'époque, mais je m'en souviens bien. Tout est arrivé après la mort de Corentin.

– Qui est-ce ?

– Corentin Morlec, l'un des valets de ferme, comme moi. Il habitait une longère dans le lieu dit. Il travaillait pour le maître Alain. Il était marié avec Marie-Jeanne, une fille de Lannegenn. Il est mort. On l'a retrouvé pendu à un arbre.

– Assassiné ?

– Les gendarmes à l'époque ont dit que c'était un suicide. On a retrouvé le banc à côté. Et puis, tout le monde savait.

– Savait quoi ?

– Sa femme, elle fréquentait le maître, et même que sa seconde fille n'était pas de Corentin. Un jour, il a dû l'entendre, il est devenu méchant, il battait sa femme. Le maître Alain devait souvent intervenir pour éviter les drames. Et puis, un jour, il s'est pendu.

– Cela s'est passé quand ?

– Durant l'année 1815, j'avais dix-huit ans à l'époque. Mes parents m'avaient envoyé travailler dans la ferme où se trouvait mon oncle. Il en parlait souvent, il était furieux, en disant que cela ne se faisait pas. Le maître devait nous respecter et respecter les femmes de ses journaliers. Ma tante disait qu'il parlait sans savoir, rien ne disait qu'Anne, la cadette, était sa fille. Ils se disputaient souvent à cause de cela.

– Ensuite ?

– Marie-Jeanne, la femme de Corentin, est décédée, l'année suivante, une mort mystérieuse. Elle s'est plainte de douleurs, a eu des vomissements, elle est décédée le soir même.

– Et la famille Boulben ?

– Une vraie malédiction, la mère Marguerite est morte quelques mois après, puis la fille, toujours le même mal. Le médecin est venu, il a dit que c'était le choléra, qu'il fallait faire attention, nettoyer les maisons, ne pas boire de l'eau du puits, celui de la cour. Mais le maître n'était plus pareil, il a tout vendu pour pas grand-chose, personne ne voulait acheter, c'était maudit. Les familles sont parties travailler chez d'autres. Les garçons Boulben ont acheté de la terre du côté de Kervarguet, pas loin d'ici.

– Et les filles de Corentin ?

– La cadette Anne est partie, mais je ne sais pas où. L'aînée Isabelle est encore dans le coin, elle travaille pour le fils Boulben, Jean.

– Isabelle Pensec ?

– Oui, ça, c'est son nom de femme, mais son nom de naissance c'est Morlec.

9. Rue du Château. Quimperlé.

Juillet 1828.

Pierre de la Villemarqué regardait par la fenêtre de sa demeure.

Il prit de nouveau la parole.

– J'ai longuement réfléchi à ce que vous m'avez dit sur la famille Morlec.

– Qu'en pensez-vous ?

– Pour que vous compreniez, il faut vous expliquer comment se passent les mariages, en Basse-Bretagne. Ils sont le plus souvent arrangés. Les deux époux n'ont rien à dire. Ce sont les parents qui négocient le contrat de mariage durant de longues semaines, parfois des mois. Ils se retrouvent au cabaret, chez le notaire, et étudient les biens, la quantité de terre, le nombre de bêtes, les meubles, de combien ils vont hériter, ce qui leur sera donné. Évidemment la dot de la mariée joue un rôle considérable, mais cela, c'est pour les familles qui ont du bien. Pour les autres, il existe toujours un entremetteur, et celui qui joue le rôle la plupart du temps, c'est le tailleur d'habit[13], qui va de ferme en ferme, de demeure en demeure. Il est bien accueilli

---

[13] Les tailleurs d'habit passaient dans les villages pour tailler, retailler et confectionner les habits. Assez pauvre, il fut cependant le lien social indispensable des communautés paysannes durant des siècles.

par la femme de la maisonnée, en proposant ses services. On lui demande souvent d'interroger la ferme voisine, pour savoir si les parents de la fille, ou plus souvent du garçon verraient d'un bon œil l'union de leur enfant avec l'un des leurs. Ensuite, lorsque les préliminaires sont bien avancés, il se rend au domicile de la future mariée et présente la demande à ses parents.

– Pas de mariage d'amour ?

– Parfois, après d'âpres négociations qui souvent s'éternisent, les futurs peuvent éprouver des sentiments l'un pour l'autre. La plupart du temps, les jeunes filles doivent se soumettre à la volonté des parents. Ce que je vous raconte se retrouve partout, mais c'est encore plus dans la tradition de ce pays. Vous ne verrez jamais une fille se révolter contre le mariage arrangé par sa famille. Elle sait qu'elle est la composante d'une entente séculaire pour accroître les terres que ses descendants, enfants et petits-enfants vont pouvoir cultiver. La richesse, c'est la terre. Sans elle, on est pauvre, on ne représente rien. La plupart des filles de nos campagnes sont illettrées. Se voir à l'église au bras du lourdaud de service, tout juste bon à cultiver la terre et qui se soûle le dimanche, n'est pas forcément réjouissant, mais cela fait partie de leur vie, de celle de leur mère de leur grand-mère et de leurs ancêtres.

– Je ne vois pas le rapport avec notre affaire, Monsieur le Député.

– Que la femme de Corentin Morlec ait pu se prendre de passion pour Alain Boulben ou l'inverse est dans l'ordre des choses. C'est possible que cette Marie-Anne n'ait jamais aimé son mari et qu'elle ait eu un enfant avec le maître des lieux.

– Le mari l'apprend et se suicide, ne pouvant combattre ou chercher à se venger du maître. Mais ensuite, comment expliquer les décès qui s'apparentent tous à des empoisonnements ? La femme de Corentin, la femme d'Alain Boulben, sa fille, comme si un sort voulait que les membres des deux familles concernées disparaissent.

– Comment l'enquête s'est-elle déroulée par la suite ?

– Nous sommes retournés à Kervarguet, interroger tout le monde, principalement Isabelle et Alain Boulben. Pour la fille, elle est la cuisinière de la maisonnée. Je commençais à la soupçonner de s'être vengée à cause de la mort de ses parents. J'ai dû vite abandonner cette piste. Elle avait été embauchée par Boulben à l'âge de 20 ans, au début de la décennie. Il venait d'acheter la ferme à la famille Le Querre qui la possédait depuis longtemps, originaire de Lannegenn. D'après lui, elle ne posait aucun problème et faisait son travail. De plus elle n'a jamais été seule le jour de l'empoisonnement des garçons, aucun gâteau fait le même jour par ses soins, et pourquoi attendre près de dix ans pour passer à l'acte ? Les habitants du hameau disent d'elle, qu'elle a le don. Elle voit des choses, des évènements, des personnages que les autres ne voient pas.

– Qu'a dit Alain Boulben sur les affaires liées à son père ?

– Pas grand-chose. Il se souvient de la pendaison de Corentin, il avait entendu les gens de la maisonnée évoquer une aventure entre son père et la femme de Corentin. Il avait 15 ans à l'époque. Son père s'était enfermé dans un silence que les autres avaient pris pour un aveu. Il pense que sa mère ne le croyait pas, elle continuait, d'après lui, à aimer et à admirer son mari. Celui-ci n'était pas violent, ne buvait pas et menait ses affaires avec discernement. Quelques mois après, la femme de Corentin mourait dans les circonstances que l'on connaît, puis sa mère et sa sœur. On a évoqué le choléra, mais fait troublant, le chef de famille a parlé bien plus tard, d'empoisonnement. Il a accusé des personnes des environs. Les gens sont partis petit à petit. Le père a sombré dans un désespoir profond, il est mort l'année dernière. Les fils ont voulu oublier ses évènements et sont partis cultiver d'autres terres et habiter d'autres lieux, avec l'argent de la vente.

– Et la cadette de Corentin, Anne je crois ?

– Troublant ! Elle a disparu. Elle était jeune, à peine 14 ans. Les deux sœurs avaient été embauchées, après le décès des parents, comme servantes dans le manoir. Elles étaient sous l'autorité d'une domestique plus âgée, l'ancienne nourrice du maître des lieux, Jacquette. Anne semblait très liée avec la nièce de Jeannette, une jeune orpheline, Hélène qui, elle, l'avait recueillie. On l'a recherchée activement dans le canton. Elle doit avoir 25 ans maintenant, si elle est toujours vivante.

– Pourquoi la rechercher ?

– Sa disparition quelques semaines après l'empoisonnement de la femme de Corentin, me semble suspecte, et c'est un témoin des drames du Clandy.

– Vous pensez qu'il y a un rapport entre ces évènements et ceux de Kervarguet ?

– Peut-être, Monsieur le Député ! La même famille, les Boulben, et des empoisonnements dans les deux affaires ! Enfin, ces histoires de légendes et de malédiction qui reviennent sans cesse !

– Vous y croyez, maintenant !

– Non Monsieur, pas la légende ou le mythe, mais ce qu'il véhicule, la mort brutale ! Dans l'affaire de Kervarguet, la fille Isabelle qui voit avant l'évènement, l'enterrement des jeunes garçons, et la même dix ans plus tôt dans l'affaire du Clandy, qui me raconte une histoire identique.

– À mon tour de vous écouter !

– Elle était jeune à l'époque, juste avant la mort de la femme et de la fille Boulben. Elle était partie garder les vaches, dans des prairies, où le foin avait été fauché de la veille. Il y avait un cours d'eau. Pendant que ses bêtes broutaient, elle s'était assise sur la berge, et elle s'amusait à battre l'eau avec sa gaule qui lui servait d'ordinaire à rassembler les vaches. Soudain, devant elle, dans l'eau qui était à cet endroit dormante, mais très limpide, elle voit se dessiner la figure et le haut du corps de sa maîtresse et de sa fille. Elle remarqua qu'elles avaient l'air sombre. Elle crut qu'elles étaient derrière elle et qu'elle se ferait gronder, car elle se reposait. Elle n'osa pas détourner la tête. À la fin, étonnée de n'avoir ni gronderie ni gifle, elle prit son courage à deux mains et se releva d'un bond. Il n'y avait qu'elle dans le pré, les deux personnes avaient disparu. Pourtant, elle était persuadée de les avoir vues en reflet dans l'eau. Elle rentra le soir, et la première personne qu'elle vit en ouvrant la barrière, ce fut la femme de Jean Boulben. Elle lui parla et lui demanda pourquoi elle ne l'avait pas grondée dans l'après-midi. La femme lui dit qu'elle n'avait pas mis les pieds dans le pré, qu'elle était partie à la foire du village. Elle s'aperçut à ce moment que sa maîtresse portait ses habits du dimanche. Très troublée, elle rentra dans la demeure et continua son travail. Elle couchait avec sa sœur et l'orpheline Hélène dans un lit au bout de la cuisine. Elle leur conta ce qu'elle avait vu. Sa sœur ne dit rien. Par contre l'autre orpheline lui dit que c'était un signe, l'*Ankou* viendrait cette nuit. Le lendemain, au lever du jour, Jacquette les appela, de l'autre bout de la cuisine. Elles se levèrent, et la servante plus âgée leur dit que la femme du maître était morte. Elle venait de trépasser, et sa fille était très malade. Le reste, je l'ai appris par Jean Boulben, le fils.

– Continuez !

– Un peu plus tard, avant le décès de la fille Marguerite, il avait trouvé Isabelle, un matin, tremblante sur le pas de la porte du manoir. Elle devait assister à la première messe, celle de l'aube du dimanche.

– Cela se fait dans tous les hameaux, l'un des habitants va à la première messe, ainsi il gardera le village quand tous les autres se rendront à la principale.

– Il lui demanda ce qui se passait. Elle lui expliqua qu'elle s'était levée pour assister à la messe de l'aube. Arrivée à l'église, elle ne reconnut personne, ni le curé, ni les fidèles, ni le bedeau. Elle commençait à se demander ce qui se passait, quand elle reconnut l'une des personnes âgées qui y assistaient et qui étaient mortes depuis l'année dernière. Ensuite, elle vit un cercueil dans lequel se trouvait Marguerite, la fille. Elle sortit en courant et arrivée près des maisons, elle s'aperçut qu'il faisait encore nuit, et qu'aucune messe n'avait pu encore se dérouler. Marguerite mourut peu de temps après.

10. Église Saint-Chéron, Kerien.
Juillet 1828.

Le lieutenant se trouvait avec le recteur de la paroisse, Yves Le Coët, qui avait accepté de l'aider dans son enquête, en étant présent lors de l'interrogatoire de la jeune Isabelle. Il pensait que dans l'église et avec son confesseur, elle se livrerait un peu plus. Grande, un visage anguleux, quelques taches de rousseur, des cheveux châtain clair, une maigreur importante, pas jolie, mais une douceur qui rayonnait.

— Isabelle, il faut que tu répondes au gendarme, il est ici pour enquêter sur les deux petits garçons innocents que l'on a tués. Tes réponses peuvent l'aider à arrêter le coupable.

— Sais-tu où se trouve ta sœur ?

— Non, elle a disparu après la mort de nos parents et des autres.

— Comment s'est passée celle de ta maman ?

— Quelques mois après le père, elle s'est plainte de douleurs dans le ventre, cela a duré des jours et des jours. À la fin, elle ne quittait plus le lit. On devait la soigner ma sœur et moi, la nourrir, la laver, elle n'avait plus la force. Un matin, on l'a retrouvée morte. Je l'ai beaucoup pleurée.

— Ta sœur Anne n'avait pas de chagrin ?

– Non, elle disait qu'elle avait eu ce qu'elle méritait. Elle était devenue méchante depuis la disparition du père. Je ne la reconnaissais plus. Avant, nous étions très liées, mais ensuite, elle ne me parlait plus. Elle avait l'air de m'en vouloir.

– Que s'est-il passé ensuite ?

– Moi aussi, je suis devenue malade, j'avais aussi très mal, j'avais des étourdissements, des nausées. Je tenais à peine debout.

– Tu as été soignée par un médecin ?

– Non, c'est Jacquette, qui a décidé le maître de m'envoyer chez l'un de ses frères. Il était pasteur dans la ville de Plouay. Elle lui a dit que tous ces drames m'avaient bouleversée, qu'il fallait que je m'éloigne.

– Ensuite ?

– On m'a conduite chez lui, la maladie a disparu. Je me sentais mieux, je suis restée plusieurs années à aider sa servante à faire la cuisine et le ménage. Ensuite, on m'a prévenu que ma sœur avait disparu, que la femme du maître et sa fille étaient mortes. Jacquette m'a dit que je pouvais revenir pour l'aider. Mais c'est le fils Jean qui m'a embauchée. Il m'aimait bien, on avait grandi ensemble, il venait de se marier, il voulait partir dans une autre ferme, il m'a demandé de venir travailler pour aider sa femme. Elle était gentille, j'ai accepté. Je ne le regrette pas. Ensuite, je me suis mariée avec Loïc, un gentil garçon, il travaillait pour le Maître Jean.

– Tu es veuve ?

– Oui, peu de temps après la cérémonie, il est mort. Lors d'un violent orage, il a été foudroyé. Je ne veux plus me marier !

– Pourquoi ?

–J'ai le don et je vois des choses, alors j'ai peur.

– Peur de quoi ?

– De ce que je vois ! Je vois avant que cela n'arrive, la mort des personnes. Je n'y peux rien, c'est comme cela. Comme pour mon mari Loïc !

– Qu'as-tu vu ?

– Quelques mois après notre mariage, un matin, je me suis levée de bonne heure pour aller traire les vaches. Loïc dormait encore, je l'ai laissé, il avait travaillé tard, la veille. Arrivée à l'étable, je me suis aperçue que je n'avais pas mon alliance, alors qu'elle ne quittait jamais mon doigt. Je suis revenue en courant, j'ai cherché partout dans la demeure, je ne l'ai pas retrouvée. Le drame est arrivé le lendemain. Après l'enterrement, passant sur le chemin de l'étable, j'ai retrouvé mon alliance à terre. C'était un signe.

– C'est juste une coïncidence, ma fille, ne cherche pas des signes, là où il n'existe que le hasard.

Le pasteur essayait de la consoler, mais il savait bien que rien ne pourrait la faire changer.

– Depuis ce jour-là, j'attends de rejoindre Loïc !

Joseph commençait à se sentir mal à l'aise.

– Pourquoi ta sœur Anne est-elle devenue méchante, après la mort de votre père ?

– C'est à cause d'Hélène, la nièce de Jacquette. Elle nous disait qu'il était mort à cause de notre mère. Qu'elle avait couché avec le Maître et qu'Anne n'était pas la fille de notre père. Cela la rendait folle. Je me suis éloignée d'elles, elles devenaient toutes les deux de véritables démons. Hélène disait à ma sœur qu'elle parlait souvent avec l'*Ankou*. Que celui-ci lui disait qu'il fallait se venger. Et pour le repos de l'âme de notre papa, il fallait le venger.

– Tu n'as jamais revu Anne ?

– Non, jamais, mais j'ai revu Hélène.

– Il y a longtemps ?

– Peu de temps avant la mort des garçons, elle traversait le chemin de Lannegenn, elle m'a reconnue, m'a demandé ce que je faisais. Je lui ai expliqué. Je l'ai interrogée pour savoir où était ma sœur, elle m'a dit qu'elle ne savait pas. Elle l'avait quittée depuis plusieurs années.

– Elle a dit où elle habitait ?

– Non, elle m'a dit qu'elle allait voir sa tante, Jacquette, qui habite au Faouët.

Le lieutenant libéra Isabelle et la laissa retourner dans le village. Il fit quelques pas dans le pré, autour de l'église, avec le pasteur.

– Vous connaissez bien vos fidèles, Monsieur l'Abbé.

– Je les connais parce que je ne suis pas un coucou !

– Pardon ?

– Excusez-moi, cela m'a échappé. On appelle ainsi les prêtres qui ne sont pas de Basse-Bretagne. On les nomme, les coucous, pas très flatteur, ni très chrétien, je vous l'avoue.

– Ils viennent du reste de la France ?

– Non, ils viennent de la Haute-Bretagne. Je vois votre air de surprise. Depuis des siècles et des siècles, il existe une frontière quasi infranchissable de par la langue entre la Haute et la Basse-Bretagne, entre la Bretagne Gallo et la Bretagne Bretonnante, elle est due à la langue, mais aussi à la culture, aux traditions et à l'histoire. Pour en revenir aux coucous, il est vrai qu'il y a eu depuis quelques années une pénurie d'ecclésiastiques dans notre pays. Pour ne pas laisser les paroisses sans prêtres, le diocèse a donc envoyé de jeunes vicaires Gallos, pratiquer en Basse-Bretagne. Ils se sont mal intégrés, la langue sans doute, la culture certainement. Nos paysans les ont appelés alors les coucous, comme ces oiseaux qui construisent leurs nids dans ceux des autres. Il faut avouer que leur mutation dans le pays était considérée par eux, comme une punition, et les volontaires ne se pressaient pas. On a envoyé les moins brillants de ces jeunes. Ils sont souvent maladroits avec leurs paroissiens.

Un grade de capitaine dans l'armée royale, chevalier de l'ordre « royal » de la Légion d'honneur[14], maire de la ville depuis 1815 à la restauration. Louis de Boisguéhenneuc, portait avec fierté et insolence, son appartenance à l'une des plus anciennes familles nobles de la région.

— Les îles de Kerguelen, cela vous dit quelque chose, lieutenant ?

— Oui, Monsieur, ce sont les îles situées au sud de l'océan Indien, près des terres australes.

— C'est mon père, Charles de Boisguéhenneuc qui les a foulées le premier en 1772. Il en a pris possession au nom du Roi de France, Louis XV. Il était le second du navire, commandé par Yves de Kerguelen de Tremarec. En débarquant sur ces terres, il y a laissé un parchemin, comme preuve de leur prise de possession par la France. James Cook l'a trouvé par la suite. Il a dit qu'il aurait pu donner le nom d'île de la désolation à cette terre, mais pour ne pas ôter la gloire de la découverte au supérieur de mon père, il l'a nommé la terre de Kerguelen. Je

---

[14] Institué par Napoléon en mai 1802, elle fut maintenue comme distinction sous la restauration.

vous raconte cette histoire pour bien vous démontrer que notre famille ne recherche pas les honneurs. C'est le cas pour mon poste de maire de cette ville. Si je l'ai accepté depuis tant d'années, c'est que j'aime ce pays et cette terre, mais aussi toutes les personnes qui y travaillent, y naissent et y meurent. Je les connais bien ces paysans, j'ai combattu avec eux, lors des guerres contre la révolution. C'est durant ces combats que j'ai rencontré mon épouse, Charlotte de Lantivy de Kerveno, c'est une héroïne de la chouannerie, elle a été décorée de la Croix des combattants par la Duchesse d'Angoulême. Son frère était le chevalier de Lantivy, le second de Cadoudal[15]. Il a commandé une division de l'armée royale en 1795. Il est mort au combat à Quiberon. Il a été fusillé par les « bleus ». Si je vous parle ainsi, c'est que je ne dénoncerai pas comme peut le faire Pierre de la Villemarqué, mes gens comme des ignares perclus de légendes et de superstition.

— Sauf votre respect, Monsieur le Maire, Monsieur de Villemarqué marque une profonde estime pour les habitants de Quimperlé et de ses environs. Il parle de croyance et de tradition. Il m'aide beaucoup dans mon enquête à essayer de comprendre ce qui a pu se passer. J'ai tout lieu de croire qu'une

---

[15] Georges Cadoudal, né dans une famille paysanne du Morbihan, il arrive par son charisme et son intelligence à commander l'ensemble des troupes royales et catholiques de la Bretagne, contre les armées de la République. Il devient par la suite l'opposant du premier Consul Napoléon Bonaparte, impliqué dans un complot déjoué par Fouché. Il meut guillotiné en 1804.

personne s'acharne sur une famille, et empoisonne des innocents, notamment des enfants, pour le seul motif qu'ils sont membres de celle-ci. Pourquoi ? Si je comprends le ressort de cette affaire, je cernerai un peu mieux le coupable, et par là, j'arriverai à l'arrêter. J'ai besoin de votre aide pour mieux comprendre ces gens. C'est sous le conseil de Monsieur de Villemarqué que je suis venu vous voir.

– Je ne vois pas en quoi, je pourrai vous aider…À part peut-être vous dire que vous cherchez un motif…et qu'il n'y a peut-être pas.

– Je ne comprends pas !

– Je faisais référence au capitaine de mon père, Yves de Kerguelen. Il a bien découvert ces îles de la désolation, mais ce personnage reste un mystère. Il fut même arrêté à son retour. Oui, je vois votre regard et votre surprise. Je vais tenter de vous expliquer. Yves de Kerguelen est né en 1734 à Trémarec, près de Quimper, dans un manoir de campagne. Il a perdu ses parents assez jeunes. Après les études, il intègre la Compagnie des gardes de la marine de Brest, ce qui lui permet d'intégrer le corps des officiers de la « Royale ». Son mariage avec une fille héritière d'une riche famille de Dunkerque lui ouvre la fortune et les connaissances à la cour. Il projette d'explorer les mers australes du Sud, qu'on croit riches et inexploitées. La France compte bien battre l'autre explorateur envoyé par les Anglais pour cette mission de reconnaissance, James Cook, et arme une expédition dont il prend le commandement. Il se voyait déjà en nouveau Christophe Colomb, et entrer dans l'histoire. En mars 1771, il part avec les consignes du Roi, prospecter le Sud Austral. Quelques mois après son départ, la terre est aperçue, froide, stérile, désolante. Il envoie, son second, mon père, à terre. La tempête a éloigné l'autre navire de l'expédition, le « Gros Ventre », commandé par un ami de Kerguelen, Louis de Saint-Alouarn. Il rentre donc seul à l'île de France[16], puis à Brest le 16 juillet 1772. Il n'a aucune nouvelle du « Gros Ventre », et de son ami. En septembre 1772, celui-ci et son équipage très éprouvé reviennent à l'île de France. Saint-Alouarn y mourra peu après. Kerguelen n'en sait rien. Le temps est aux honneurs de sa découverte. À Paris, il invente une terre riche de promesses et obtient le financement d'un second voyage vers «la France Australe».

En mars 1773, il repart. Cette expédition sera désastreuse. Il fait voyager sur le bateau une jeune fille, dont il est tombé amoureux, ce qui amène le désordre le plus complet sur le navire. Le scorbut affaiblit les équipages. Les jeunes officiers contestent son autorité. Il a enfreint le règlement avec sa passagère clandestine. Le 14 décembre 1773, les îles sont à nouveau en vue. La tempête sévit. Kerguelen, une deuxième

---

[16] Actuellement l'île Maurice.

fois, regarde le sombre horizon des montagnes, sans descendre à terre. Entre-temps, les rescapés du Gros Ventre sont rentrés à Paris et ont ouvert les yeux des autorités sur la réalité de la «France Australe». Il rentre à Brest en septembre 1774, les mains vides. Il est traduit en conseil de guerre, privé de son grade et condamné à cinq ans de réclusion pour manquement à sa mission. Incarcéré au château de Saumur, il n'en est relaxé que le 25 août 1778, après plus de trois ans de détention. Il reprend la mer, avec la vague idée de continuer ses explorations. Mais James Cook a détruit le mythe du riche continent austral. Réhabilité, il est de nouveau incarcéré en 1793 pendant la Terreur, puis libéré et réintégré dans sa fonction de Contre-Amiral. En 1796, il sera mis à la retraite et décédera, oublié, l'année suivante, à Paris. Il laisse le sentiment d'avoir été un navigateur compétent et un marin audacieux, mais aussi un homme dont on a jamais compris les motivations, enfermé qu'il était dans un monde fait de chimères et de rêves. Je vous explique cela pour vous démontrer que votre assassin n'a peut-être pas d'objectif compréhensible pour vous et pour nous.

– Voulez-vous dire qu'il tue en fonction des circonstances, en poursuivant une chimère née de son imagination.

– C'est parfois une motivation, mais aussi un destructeur puissant. On prend ce mot aujourd'hui dans le sens d'une idée sans rapport avec la réalité, mais c'est peut-être tout simplement le monstre malfaisant de la mythologie grecque, ou les deux qui se mélangent ensemble. On pense que seul des gens comme Kerguelen peuvent poursuivre des rêves incertains et devenir fous, mais nos paysans aussi. Les légendes et les histoires sur la mort et les signes, que l'on raconte souvent à la veillée, ne sont pas seulement des contes pour faire passer le temps que les villageois prennent du plaisir à entendre, cela peut devenir des récits destructeurs dans la tête de personnes un peu fragiles.

– Au point de tuer ?

– Lors de mes études, il y a fort longtemps, quelques-uns de mes camarades s'amusaient souvent aux dépens des nouveaux, et prenaient parfois des jeunes un peu simplets comme souffre-douleur. Un jour, dans l'école débarqua un garçonnet, un peu chétif, il était de noble famille, mais un peu « briz-zod », comme on dit ici, un peu bête. Ses parents avaient pensé qu'en l'envoyant rapidement faire des études, il changerait et deviendrait différent. Bref, il devint vite le souffre-douleur des plus grands et notamment d'une bande d'élèves peu doués et très indisciplinés, et notamment de celui qui leur servait de chef, Charles de Tinténiac. Jean, notre simplet, très croyant, allait souvent prier à la chapelle. Charles, pour lui jouer un bon tour, imagina qu'il ferait le mort et que ses camarades demanderaient à Jean de le prier toute la nuit dans la chapelle. C'est ce qu'ils firent. On mit des draps, des chandelles, on dressa un lit funèbre et Charles se coucha, jouant le défunt. La sinistre plaisanterie se déroula et Jean, après quelques instants de surprise de voir son bourreau mort, alors que quelques heures auparavant il le maltraitait, sans rancune aucune, prit le soin de le veiller, comme les autres le lui demandaient. Les complices dissimulaient près de la porte de la chapelle, passèrent de longs moments à rire en silence de cette bonne blague. Au bout d'un moment, comme la plaisanterie durait, les autres allèrent se coucher, laissant dans la chapelle notre Jean et le faux trépassé.

Le lendemain, ils trouvèrent les deux garçons au même endroit, l'un priant et l'autre allongé, le visage cireux, les yeux convulsés. Il était mort pour de bon. Une enquête fut diligentée par le directeur de l'école. Notre Jean, toujours aussi simplet, déclara que puisque les autres garçons avaient dit que Charles était décédé, alors lorsqu'il le vit se lever, il pensa que son âme avait été damnée par Dieu, et qu'il allait errer sur cette terre pour toujours. Pour lui éviter, ce supplice, notre gamin un peu chétif, étrangla Charles, et la mission accomplie, se remit à le veiller.

– C'est une histoire incroyable !

– Oui, mais une histoire vraie ! En tant que chrétien charitable et ne voulant pas qu'une âme soit maudite, il accomplit une bonne action, ou bien lassé des innombrables sévices qu'il endurait comme soufre douleur de la part de ce

Charles, il s'est vengé en le tuant, ou les deux dans un imaginaire fait de croyances et de réalités mélangées.

12. Auberge des Trois Piliers, Le Faouët.
Août 1828.

Joseph se trouvait attablé dans l'auberge. Le fils de Jacquette, en était le patron. Il l'avait rachetée, l'avait un peu transformée et avait recueilli sa mère après la vente des terrains du hameau du Clandy.

La Jacquette était devenue un peu sourde, mais le reste fonctionnait très bien, surtout la mémoire.

– Si je m'en souviens, c'était au début du siècle, 1802, non 1803. Oui c'est cela en 1803. En juin, la cadette de Corentin

Morlec, Anne venait de naître. Il n'était pas très content le Corentin, il aurait préféré un fils, vu qu'il avait déjà Isabelle, l'aînée.

– Est-ce que les deux sœurs se ressemblaient ?

– Non, les caractères étaient très différents. Isabelle était un ange, pas très belle, mais un caractère doux et enjoué. Toujours prête à rendre service. La « Anne » était un démon. Pourtant elle était belle, un visage d'ange, on lui aurait donné le « Bon Dieu sans confession », mais toujours à médire, à raconter des sornettes, et ce, dès son plus jeune âge. À six ans, elle se mit à raconter des histoires à dormir debout. Mais je soupçonne ma nièce d'avoir eu une mauvaise influence.

– Elle était encore plus méchante ?

– Non, plutôt simplette, elle entendait des voix.

– Des voix ?

– Oui, elle disait qu'elle entendait l'*Ankou*. Il lui parlait et lui disait ce qu'il fallait faire. En fait, pour tout vous dire, je pense que la mort de ses parents, elle n'avait pas sept ans, l'avait perturbée. Elle était d'un caractère facilement influençable. Les histoires que l'on racontait pour se distraire, elle y croyait et pour se protéger, en inventaient d'autres. Elle me disait qu'elle avait peur que l'*Ankou* ne vienne la chercher, et qu'elle entendait les morts lui parler. Un jour elle me raconta cette histoire.

Le maître l'avait envoyée nettoyer la demeure d'un couple de vieux métayers, qui était mort peu de temps auparavant. Ils habitaient une longère près du Clandy. Ils n'avaient pas laissé d'enfants. Des héritiers lointains devaient arriver pour s'y installer. En arrivant près des champs que le vieux exploitait encore quelques jours avant, elle me dit l'avoir vu creuser ses sillons dans une partie du champ. Le vieux s'arrêta alors pour s'appuyer sur le manche de sa charrue et lui parler. Elle devait dire à sa femme qu'il fallait préparer la soupe rapidement, il avait faim. Elle prit peur, courut jusqu'à la masure, y pénétra pour se réfugier, et vit alors la vieille attablée devant deux bols de soupe fumante. Elle lui parla aussi et lui dit que son homme devait avoir faim, elle l'attendait pour le repas. Elle sortit de la maison en courant et me raconta toute l'histoire. C'est alors que je compris ! On se la racontait le soir durant la veillée, pour passer le temps. Je l'avais maintes fois entendue, mais sous une autre forme.

– Comment se termine-t-elle ?

– Celle qui parlait aux morts va se confier au pasteur du village, et celui-ci lui demande alors si elle n'a pas touché aux écuelles de soupe. Devant son signe de tête négatif, il lui dit qu'elle a bien fait, car si elle avait touché même du bout des lèvres, elle serait morte. Et le curé de lui expliquer que tant que les âmes n'ont pas accompli leur pénitence, ils doivent continuer à faire après leur décès, ce qu'elles avaient coutume de faire de leur vivant. Puis la délivrance venant un jour, la pénitence accomplie, les âmes disparaissaient. Un autre jour, elle me raconta la légende de Gab Lucas, le métayer, qui avait rencontré la charrette de l'*Ankou* et qui après l'avoir vue, apprit le lendemain que son maître avait expiré la nuit même.

– Vous disiez qu'Anne, la cadette était influencée par votre nièce.

– Oui, elle se mit à lui raconter tous ces récits de mort, de signes, de mauvais présages et d'autres sornettes de la sorte. Et Anne se mit aussi à raconter les mêmes, et parfois à en inventer. Isabelle restait en dehors de cela.

– Les deux sœurs se ressemblaient-elles ?

– Ah, je vois où vous voulez en venir, mais je puis vous assurer que mon Alain n'avait pas eu d'aventures avec La Marie-Anne, la femme de Corentin. Ça, non ! C'est un valet de ferme qui a colporté ses rumeurs. Il a voulu se venger de la femme de Corentin. Elle avait refusé ses avances. Depuis ce temps-là, il disait partout que si elle avait refusé, c'est qu'il n'était pas assez bien pour elle, et qu'elle préférait le maître. C'était un démon, personne ne le croyait au début, mais à force de raconter la même chose durant des années, les gens ont vu des preuves là où il n'y avait rien. Non, les deux sœurs avaient le même père, ça, c'est sûr, d'ailleurs c'est la cadette qui lui ressemblait le plus physiquement, mais aussi pour le caractère. Car le Corentin, il était ombrageux, violent parfois. Seul le maître arrivait à le calmer. Alors les sales histoires du valet l'ont perturbé.

– Son nom ?

– François Bregardis. C'était un coureur, je suis presque sûr qu'il a essayé avec ma nièce, la petiote n'avait pas douze ans, pourtant. Isabelle l'a moins connu, elle est partie se soigner. Quand elle est tombée malade, j'ai eu peur qu'elle meure, comme les autres, alors je l'ai envoyée chez mon frère, il était le pasteur de sa paroisse. Elle y est restée plusieurs années au grand bonheur de la maisonnée, car mon frère avait recueilli nos parents, et c'était du travail. Puis elle est revenue. Je sais qu'elle travaille maintenant pour le fils du maître Jean, un brave gars.

– Et Anne ?

– On ne l'a pas revue dans la région, elle est partie et elle a disparu. Par contre Hélène travaille chez un curé, celui de Saint Thurien. Ce n'est pas très loin d'ici.

– Vous disiez que vous aviez peur qu'il lui arrive la même chose qu'aux autres, alors vous l'aviez envoyée chez votre frère, pourquoi ?

– Toutes ces personnes, la femme de Corentin, Marie-Anne, la femme du maître, puis sa fille, comme si la mort de Corentin avait amené la malédiction sur le hameau. Alors quand elle est tombée malade, l'éloigner de ce lieu, c'était une bonne chose.

– Que s'est-il passé par la suite ?

– Ma nièce et Anne ont disparu, jusqu'au jour de la Saint-Jean de l'année dernière où j'ai revu mon Hélène du côté de la Clarté. Les autres sont partis, petit à petit en disant que le lieu était maudit. Moi aussi, je me faisais vieille, alors je suis partie aussi, c'est mon fils Erwan qui m'a recueillie dans cette auberge, j'aide du mieux que je peux.

– Comment est mort Alain Boulben et à quelle date ?

– Le lendemain du pardon, je l'ai appris deux jours après.

– Quand se déroule le pardon ?

– Il se déroule tous les ans à la Sainte-Barbe, le 26 juin.

Erwan qui avait assisté à l'entretien, voyant sa mère s'épuiser, prit la parole.

– Non, moi, je pense qu'il s'agit de celui de la Saint-Jean, celui du premier dimanche de juillet. Ce pardon se déroule près de la chapelle.

– Ah, oui, c'est vrai, tu as raison, la chapelle des moines rouges !

– Des moines rouges ?

– Oui, à cause de leurs habits, la cape et le surcot rouge, c'était des frères hospitaliers. Cette chapelle s'appelle ainsi, car elle a été construite sur une ancienne commanderie ayant appartenu aux frères de Saint-Jean de Jérusalem. Pour Alain, mon pauvre maître, j'ai su par le tailleur d'habit qu'il était trépassé de bien étrange façon.

– Comment s'appelle-t-il et où puis-je le trouver ?

– Il voyage tout le temps, mais il passe régulièrement ici, je lui dirai de venir vous voir, comme il se rend dans toutes les fermes, il a bien des choses à raconter, son nom, c'est Louis Caradec.

Hélène ne comprenait pas que sa mère puisse être aussi méchante avec elle. Elle préférait sa sœur aînée, Anna. Son père lui, était juste indifférent. Il ne la regardait jamais, ne s'intéressait jamais à ce qu'elle faisait, ne répondait jamais à ses questions. Elle avait l'impression de ne pas exister.

Pourquoi tant de difficulté à se faire aimer par ses parents ? Elle les adorait pourtant. Qu'avait-elle fait pour mériter cela ? Elle essayait de faire du mieux possible, mais elle ne comprenait pas toujours ce qu'ils voulaient ou ne voulaient pas.

La nuit, toutes les nuits, ses cauchemars la réveillaient, elle appelait sa mère, mais elle ne venait jamais. Le jour, celle-ci lui disait que l'*Ankou*, le messager du diable viendrait la chercher sur sa charrette pour l'emmener dans un pays maudit où l'on ne revenait jamais. Alors la nuit suivante, et toutes les nuits, elle en rêvait et se voyait transportée par l'*Ankou* et ses aides qui venaient la chercher. Elle ne pouvait ni résister ni s'enfuir. Elle savait que s'il venait la chercher, c'est parce que sa mère lui avait dit qu'elle n'était pas belle, pas intelligente, qu'elle ne devait pas continuer à vivre et être un fardeau pour eux. C'est vrai qu'Anna était plus jolie, elle le voyait bien. Plus intelligente aussi, elle comprenait ce qu'il fallait faire.

Elle devinait qu'elle avait de la difficulté à comprendre un mot nouveau, une situation différente. Alors, elle se comportait mal, elle criait, hurlait même. Puis au bout d'un moment, elle se recroquevillait sur elle-même, entourait sa tête avec ses bras, s'agenouillait et restait ainsi pendant des heures, jusqu'à ce qu'elle retrouve le calme dans sa tête.

Puis, un jour, elle fit un rêve différent. Sa mère l'avait envoyée chercher un sac de pommes de terre, dans la ferme à côté de chez eux. Il était fort lourd ce sac, elle avait de la peine à le porter. Elle traînait en route, et s'arrêtait souvent, jusqu'à ce qu'elle vît la charrette. C'était près du calvaire de Kerantour, là où le chemin bifurquait pour reprendre la route de la maison. Elle s'aperçut que la nuit venait de tomber d'un coup. C'était comme dans ses rêves, à part que cette fois-ci, elle était sûre de ne pas rêver, et elle n'avait plus peur.

La charrette faisait un drôle de bruit, les essieux devaient être mal graissés. Elle vit les chevaux, pareils à ce qu'elle voyait endormie, maigres, efflanqués. L'homme très grand qui les conduisait semblait décharné. Un grand chapeau de feutre lui couvrait le visage. La charrette s'arrêta près d'elle. L'homme au feutre lui demanda si elle voulait mettre son sac qui semblait bien lourd, dans la charrette. Elle lui dit que sa maman ne serait pas contente de voir qu'elle parlait à un inconnu. Pourtant, celui-ci lui paraissait gentil. Il parlait d'une voix douce, et se préoccupait d'elle. Il lui dit de ne pas avoir peur, il lui parla de sa mère, lui dit qu'elle ne devait plus la craindre. Il lui dit aussi que si celle-ci continuait à ne pas l'aimer et à lui faire peur, il viendrait la chercher pour l'emmener dans un pays où elle ne reviendrait pas, comme cela, elle ne pourrait plus crier sur elle ou la battre. Non, jamais plus, elle ne la battrait ! Non jamais !

14. Rue de Pont-Aven, Quimperlé.
Septembre 1828.

Le maire, Louis de Boisguéhenneuc avait reçu Joseph avec plus de gentillesse.

– Savez-vous que je commence à me passionner pour votre enquête. Votre entretien avec Jacquette, que je viens d'écouter avec intérêt, éclaire d'une singulière façon les évènements. Car, en mêlant les deux affaires, le Clandy, trois empoisonnements, une pendaison et une mort suspecte, celle d'Alain Boulben, plus deux disparitions, celle d'Anne la cadette avec la nièce Hélène. Pour Kervarguet, deux empoisonnements, cela commence à faire beaucoup. Que cela cache une vengeance qui se poursuit sur deux générations, c'est maintenant dans l'ordre du possible. L'origine semble être la mort de ce Corentin, qui a déclenché le reste. J'aurai tendance à suspecter cette cadette disparue.

– Vous avez raison, Monsieur le Maire, d'autant que cette fille fut influencée par les ragots colportés par ce valet que j'ai convoqué à la brigade. Elle a pu en vouloir à sa mère puis à la famille Boulben. Mais on ne l'a pas revue dans la région, pourtant on déplore deux décès supplémentaires.

– Et si elle avait comme complice la nièce de Jacquette, Hélène ?

– J'y ai pensé, j'ai demandé à mes gendarmes de l'appréhender pour que je l'interroge aussi. Travaillant chez le curé de Saint Thurien, cela sera facile.

– Ne négligez pas non plus de rencontrer ce tailleur d'habit dont vous a parlé Jacquette. Ceux-ci voient beaucoup de choses et savent souvent percevoir les changements dans les fermes et les villages qu'ils visitent.

– J'attends qu'il repasse dans la région.

– On m'a narré autrefois l'histoire de ce tailleur de la région de Tréguier, Pierre Guilchet. On l'avait demandé dans une ferme du pays. Vous ne le savez peut-être pas, mais cela arrive souvent qu'ils dorment dans le domaine où ils vont tailler des habits pour toute la famille, et de partager leur intimité leur permet de comprendre. Pour en revenir à notre histoire, arrivé dans le lieu, il vit la femme, les enfants et s'enquit du mari qui était absent. L'épouse lui dit qu'il était parti depuis deux jours pour aller acheter des bêtes à la ville voisine, elle l'attendait. Elle lui demanda de tailler pour elle des vêtements de fêtes qu'il n'avait pas l'habitude de lui faire, comme pour une fiancée. Cela le surprit quelque peu, mais il se tut. Peu de temps après, il se renseigna dans le village pour savoir si le mari était rentré, mais non, disparu. Il semblait que la femme se lamentait en disant qu'il lui était arrivé quelque chose ou alors, qu'il les avait abandonnés pour partir avec une jeunette. Quelques semaines plus tard, il se décida, après bien des hésitations, à raconter son histoire aux gendarmes. Ceux-ci le prirent au sérieux, firent leur enquête et découvrirent bien vite que la dame entretenait une relation avec l'un des valets de la ferme. Ils les arrêtèrent. Au bout de quelques jours, ils avouèrent. La femme avait eu l'idée du meurtre, le valet l'avait accompli. Ils retrouvèrent le corps en décomposition dans le bois à une lieue de la ferme. Il était bien parti à la ville pour acheter des animaux, le valet l'avait attendu et lui avait défoncé le crâne au croisement de la route. Ils ont été tous les deux guillotinés[17] l'année dernière sur la place de Brest.

---

[17] Durant la restauration, la peine de mort était la clé de voute de la justice, et les condamnations à mort étaient courantes. Dans son livre, « Le dernier jour d'un condamné à mort », Victor Hugo prend parti pour l'abolition.

15. Gendarmerie de Quimperlé.

Septembre 1828.

Jérôme entra dans le bureau.

– Mon lieutenant, il y a un tailleur d'habit qui veut vous voir. Il dit s'appeler Louis Caradec.

– Fais-le entrer !

L'homme devait avoir une cinquantaine d'années, peut-être plus. Un visage osseux, les cheveux longs, une paire de lunettes venait adoucir une face anguleuse. Les habits étaient ceux que portaient tous les hommes de la région, des braies portées avec une ceinture de laine de couleur et des guêtres noirs. Sur la chemise, il avait enfilé le gilet sans manches croisé et fermé sur la poitrine, et une veste avec des emmanchures longues, ouverte sur le devant. Son chapeau noir coiffait ses longs cheveux. Il l'ôta, et la raie du milieu séparait les deux côtés blancs et filandreux.

– Je vous attendais.

– Oui, c'est Erwan, le fils de Jacquette qui m'a dit que vous vouliez me voir.

– Il faut que vous me parliez des évènements qui se sont passés dans le hameau du Clandy, il y a près de 15 ans, au moment de la mort de Corentin Morlec. Vous vous souvenez ?

– Oui, pour sûr ! Je venais d'arriver à la ferme, c'était prévu que je passe pour le printemps, tailler des habits. J'y passais une fois par an, à la même époque. Cela venait de se produire, Il était mort, on l'avait débranché, avec difficulté, il avait plu beaucoup, cela rendait le sol glissant.

– Savez-vous s'il était mort depuis longtemps ?

– Je ne sais pas, mais je dirais que cela s'était produit quelques heures auparavant. Le corps n'était pas rigide.

– Ensuite, que s'est-il passé ?

– Alain Boulben a appelé les gendarmes, pour constater le décès. Ils sont arrivés vers le soir. Je le leur ai dit, mais ils n'ont pas fait attention à mes déclarations.

– Que leur avez-vous dit ?

– Je trouvais bizarre que la corde avec laquelle il s'était pendu, fût presque sèche, alors que la pluie était tombée toute la matinée. Ses vêtements étaient bien mouillés, alors la corde aurait dû l'être. C'est comme s'il avait mis la corde au cou, au sec, et qu'il s'était ensuite pendu à l'arbre.

– On a bien retrouvé un banc près du corps ?

– Oui, mais Corentin n'était pas bien grand, il avait dû se hisser sur la pointe des pieds et encore.

– Voulez-vous dire que vous avez des doutes sur la pendaison ?

– C'est ce que j'ai déclaré aux gendarmes, mais ils ne m'ont pas cru.

– Les autres personnes vous ont entendu ?

– Non, je m'étais éloigné, mais j'ai fait part de mes doutes au maître du hameau, Alain.

– Qu'a-t-il dit ?

– Que cela lui semblait bizarre aussi, le gars était quelqu'un de solide, qui ne semblait pas avoir de problème.

– Et les autres ?

— Sa femme s'est évanouie tout de suite, on a éloigné les enfants, surtout les siens. J'ai appris l'année suivante la mort de sa femme, puis des autres, des morts suspectes.

— On a parlé de choléra !

— Monsieur l'officier, il n'y a jamais eu d'épidémie de choléra[18] dans la région au début de ce siècle, on en parle depuis deux ans ou trois ans, mais avant, non ! Mon avis, on les a empoisonnés.

— Parlez-moi de cette liaison entre Alain Boulben et la femme de Corentin, vous en avez entendu parler.

— Cette rumeur est née peu de temps avant, colportée par cet idiot de valet. Non, ils donnaient l'impression de s'aimer Anne-Marie et Corentin.

— Et la mort d'Alain Boulben ?

— Il est mort le lendemain du pardon de la Saint-Jean, Il était presque seul à rester dans le hameau. Tout le monde était parti. Il avait revendu pratiquement tous les lopins de terre et les maisons. Il ne restait qu'un seul penty[19], avec un couple de valets, trop vieux pour aller dans un autre endroit. Je passais dans le coin, j'ai voulu aller le voir, je l'aimais bien. Il m'avait

---

[18] La France ne fut touchée par cette maladie qu'à partir du XIX siècle, avant elle était cantonnée en Asie du Sud-Est. La navigation à vapeur et le chemin de fer permirent la propagation. La première épidémie, de 1820 à 1824, épargna la Bretagne, mais à partir de la seconde de 1827 à 1836, des milliers de morts furent recensés. La troisième de 1840 à 1860 fit 150 000 morts.

[19] Petite maison isolé à l'écart du village.

aidé à plusieurs reprises quand les affaires n'étaient pas bonnes. J'ai frappé, et je suis entré[20]. Il était pendu à la poutre principale. J'ai appelé les gendarmes. Les vieux n'avaient rien vu, rien entendu.

– Cette mort vous a semblé suspecte ?

– Oui, à plus d'un titre. J'avais vu Alain, la dernière fois, en hiver. Il m'avait semblé de nouveau combatif. Il m'avait confié qu'après bien des recherches, il avait découvert la vérité et connaissait les vrais coupables des meurtres qui s'étaient produits, il y a plus de dix ans. Il m'avait confié que j'avais raison, Corentin ne s'était pas pendu. Qu'on l'avait assassiné. Que sa femme et sa fille avaient été, elles aussi assassinées. Qu'il lui fallait encore une preuve et qu'il irait tout raconter aux gendarmes. Il disait que la terre, sa terre était le mobile. On avait profité des drames pour dire que le lieu était maudit et qu'on ne pouvait plus y vivre. Il avait été obligé de vendre, et on avait acheté ses terres à vil prix, comme dans l'histoire du fermier de Tourc'h.

– Quelle histoire ?

– Cela s'est passé à Tourc'h, un village entre Quimper et Guiscriff. Le vieux fermier avait eu des enfants avec une jeune épouse. Ils avaient une servante assez âgée, qui l'avait élevé et avait aussi élevé ses enfants. Sa femme et la domestique ne

[20] Se pratique encore dans les campagnes bretonnes, on frappe et on rentre sans attendre l'invitation.

s'entendaient pas, question de différence d'âge et de façon d'éduquer les marmots. La servante vivait dans ce qu'on appelle ici « ar penne-traon », « le bas-bout », si vous voulez, la pièce qui sert de débarras. Elle, qui avait élevé le maître et toute la famille, avait été contrariée par le mariage, et un sentiment de jalousie féroce commençait à se faire jour. Le vieux fermier mourut et les ennuis commencèrent pour la ferme, mauvaises récoltes, bêtes qui mourraient, des maladies qui se déclaraient. La jeune épouse était au bord de la ruine, elle se décida à vendre, mais comme les malheurs s'étaient succédés, on parla de malédiction. Elle dut se résoudre à tout vendre à bas prix. Plus tard, bien plus tard, les enfants grands et établis dans la région, elle passa devant son ancienne ferme. La curiosité la força à y pénétrer et voir les nouveaux propriétaires. Quelle ne fut sa surprise d'y voir l'ancienne bonne qui paraissait commander la maisonnée.

Pour en revenir à Alain, il me dit qu'après, il pourrait mourir en paix. Au début, quand je l'ai vu, pendu à cette poutre, j'ai cru qu'il avait tout raconté et qu'il s'était donné la mort. Il avait accompli sa mission. J'en ai parlé au sergent, mais non il ne s'était pas déplacé à la gendarmerie, n'avait rien dit. Alors, j'ai trouvé cette mort bizarre. Et puis, j'ai vu.

– Quoi ?

– Il y avait un peu de sang sur le haut de la tête comme s'il avait reçu un coup.

– Vous l'avez mentionné aux gendarmes ?

– Oui, mais là aussi, ils ne m'ont pas cru. Et puis, le nœud était mal fait. Alain savait faire des « nœuds de pendu »[21], il avait été marin étant jeune, et puis je me suis souvenu que cette façon de nouer une corde je l'avais déjà vu sur le cou de Corentin, des années auparavant.

[21] Nœud de marin coulissant ainsi dénommé.

L'*Ankou* avait emporté sa mère. Elle avait continué à la battre, alors l'*Ankou* avait fait ce qu'il avait dit, il était venu une nuit. Hélène se réveilla, elle l'avait entendu venir. Elle alla doucement lui ouvrir la porte de la demeure. Il était comme la première fois, très grand et décharné. Le grand chapeau de feutre lui couvrait toujours le visage, elle n'arrivait pas à distinguer ses yeux. L'homme lui demanda si sa mère la battait toujours. Elle lui dit que sa maman l'avait encore frappée le jour dernier, elle en portait encore les traces. Il parla de nouveau d'une voix douce, lui dit qu'il allait la protéger, et de ne plus avoir peur d'elle. Il la prit par la main et la mena dehors, le ciel était dégagé, on voyait la lune. À peine, furent-ils dans le jardin, qu'elle entendit un bruit épouvantable, comme si des dizaines de lourdes charrettes étaient lancées au grand galop sur la route en contrebas. Elle vit alors une femme courir le plus vite possible sur celle-ci. Elle était pieds nus, les cailloux l'écorchaient, le sang coulait. Les longs cheveux étaient dénoués. Elle hurlait. Hélène commença à avoir peur, puis elle s'aperçut que c'était sa mère qui courait à perdre haleine. Elle était suivie par deux grands chiens, qui semblaient vouloir la dévorer, tous les deux noirs. Sa mère essayait de fuir, mais l'un des chiens était parvenu à l'attraper par le bras. L'autre à ce moment l'attrapa à la gorge. Sa mère se débattait, elle vomissait du sang, se tordait de douleur, mais plus elle essayait de fuir, plus les chiens la saisissaient. Un moment, sa mère se calma, cessa de crier. Les deux chiens disparurent d'un coup. Hélène était pétrifiée sur place, incapable de bouger. Alors l'homme au grand feutre, la reprit pas la main, et la reconduisit à la demeure.

Arrivé à l'intérieur, il l'accompagna jusqu'au lit où elle dormait, elle s'aperçut que sa sœur Isabelle ne s'était pas réveillée.

— Tu peux continuer demain à faire ce que tu dois faire. Je serai toujours là pour te protéger. Ne dis rien, à personne, ta mère ne pourra plus te battre. Et si quelqu'un veut de nouveau te faire mal ou se moquer de toi, appelle-moi, je viendrai, je suis là pour te défendre et emmener ceux qui sont méchants avec toi. Rendors-toi, il est tard.

17. Gendarmerie de Quimperlé.

Septembre 1828.

Le sergent Charles Milliou se tenait devant Joseph.

– C'est bien vous qui aviez fait le constat du décès ?

– Oui, lieutenant, on a été appelé par le tailleur, il se rendait à la brigade. Il nous a vus en route, on rentrait d'une ronde sur Tremeven.

– Rien de suspect pour ce décès ?

– Non, un suicide, la corde, le tabouret, le pilier où il s'était accroché.

– Pas de coup sur la tête ?

– Il avait une petite blessure, il avait dû se faire cela juste avant.

– Et le nœud de la corde ?

– Le tailleur d'habit nous avait alertés, mais non, rien de particulier.

– Vous avez été marin ?

– Non, je n'y connais rien en nœud. Mais celui-là était tout simple.

– Vous saviez que le pendu avait été marin ?

– Non, mais quel rapport ?

– Je me demande bien comment vous avez réussi à décrocher vos galons de sergent ! Disparaissez !

Le gendarme Guillaume frappa à la porte.

– Mon lieutenant, un nouveau décès dans le hameau de Kervarguet.

– Encore !

– Oui, cette fois, il s'agit d'Isabelle, la cuisinière du manoir.

– On y va, tu m'accompagnes, va chercher Joseph. Active aussi les recherches pour les arrestations d'Hélène, et du valet, Bregardis.

– La fille a été appréhendée ce jour, elle est en cellule. Le domestique a disparu, impossible de mettre la main dessus.

– Fais envoyer des patrouilles partout.

C'était sa faute, il aurait dû faire protéger cette fille depuis qu'il avait compris que le meurtrier voulait éliminer toutes les personnes qui avaient pu être témoin ou comprendre les évènements du Clandy. Il poursuivait celles-ci de sa vengeance et cette fille en faisait partie.

Yves Le Coët, le recteur de la paroisse de Kerien, se tenait devant le bureau.

– Rentrez, Monsieur le curé. Je suppose que vous savez pour Isabelle et que vous venez m'en parler.

– Oui, mais ce n'est pas une déclaration, ni même un témoignage que je viens faire, juste un conseil. Mon sacerdoce ne me permet pas de faire autrement.

– Je vous écoute.

– Un de mes paroissiens m'a raconté une histoire, elle se passait au siècle dernier m'a-t-il dit, du côté de Quimper. Il existe une petite commune, Eliant, non loin de Briec. Le plus gros propriétaire, Yves Le Pennec possédait une bonne partie des terres. Sa ferme se dénommait « Moguéric », elle était située sur cette paroisse. Il était généreux et ne se privait pas lorsqu'il tuait le cochon de faire une annonce à sa maisonnée pour les inviter, eux, leurs parents, leurs proches, pour le dimanche suivant à partager le repas et le boudin. Lors de ses repas, certains en profitaient pour évaluer ses richesses, car inutile de vous dire qu'il faisait des jaloux. Un jour, un fils d'une de ses servantes lui posa beaucoup de questions sur ses terres, ses propriétés, les revenus qu'il en tirait. Il ne fit pas trop attention à cela, mais il aurait dû, car de la jalousie au meurtre, il n'y a pas beaucoup de chemin à faire pour les mauvaises personnes. Ce propriétaire paysan mourut peu de temps après, de bien étrange façon et ne laissant derrière lui aucune parenté. L'homme qui l'avait interrogé en profita pour acheter ses terres, à peu de frais, car sa mort avait fait naître des rumeurs qui se transformèrent en malédiction sur la propriété. Personne ne fit le rapprochement entre cette personne et les morts prématurés de Moguéric.

– Vous avez dit les…?

– Oui, j'ai oublié de vous dire que sa femme, et certains de ses enfants étaient décédés aussi de bien étrange façon. On a parlé de l'*Ankou,* mais mon paroissien pensait qu'il avait bon dos, l'*Ankou.* On lui fait jouer des rôles que les vivants remplissent eux-mêmes et sans avoir besoin de lui, pour l'appât du gain.

– Et comment se termine votre histoire ?

– L'homme a été confondu. C'est bien lui avec l'idée d'une parente qui a provoqué les homicides.

– Vous êtes la seconde personne à me mettre en garde avec une histoire semblable !

18. Rue du Château, Quimperlé.

Septembre 1828.

Pierre de la Villemarqué prit la parole.

– Merci d'être venu, lieutenant, j'ai appris les derniers événements du hameau, qu'allez-vous faire ?

– Je m'y rends tout de suite après vous avoir quitté. D'après les premiers renseignements recueillis, il semble que c'est aussi un empoisonnement.

– Deux meurtres par pendaisons, et six par poison, cela commence à faire beaucoup.

– Oui, mais cela démontre qu'il y a bien deux assassins, une femme qui provoque les empoisonnements, et un homme qui essaye de dissimuler les assassinats par des suicides, car pour manipuler les corps, il faut de la force. On a mis en prison, Hélène, la nièce de Jacquette. Je l'ai interrogé brièvement avant de partir. Elle est folle à lier, elle entend l'*Ankou* lui parler et lui dire qui doit mourir. Elle raconte qu'il la protège et emmène ceux qui lui font du mal ou se moquent d'elle au pays des morts. J'ai retracé son parcours depuis sa disparition, il y a 15 ans. Elle est partie avec Anne la cadette. Elles ont traîné sur les chemins, ont travaillé comme servantes dans plusieurs villes, Auray, Hennebont, Locminé, Pontivy. Puis, leurs chemins ont bifurqué.

Anne est partie travailler dans un bordel militaire de Port-Louis, comme cuisinière, sachant qu'elle se livrait également à la prostitution. Hélène a repris le chemin de Kerien pour revoir les endroits de son enfance. Elle a trouvé du travail chez le curé de Saint-Thurien. Elle ne nie pas avoir revu sa tante, puis Isabelle sur les chemins, puis les jeunes garçons.

– Que pensez-vous de son témoignage ?

– Je me demande si elle ne les a pas empoisonnés, mais pour quelle raison ? Dans ces affaires, il me manque toujours le mobile. Par contre, il y a la déclaration du pasteur, Yves Le Coët, et du tailleur Louis Caradec.

– Qu'ont-ils dit ?

– Littéralement, de me méfier des histoires de l'*Ankou* et d'enquêter du côté des richesses et des biens de la famille Boulben.

– Et alors ?

– J'ai demandé à voir les cadastres du Clandy et de Kervarguet. Pour ce dernier lieu, on m'a dit que le fils Jean était l'un des plus gros contribuables de la commune. Il possède presque toutes les maisons et les terrains. Il m'a précisé qu'il avait acheté cela, grâce à l'argent de son père qui avait revendu à perte le domaine du Clandy. Cela suppose que celui-ci était à la tête d'une fortune.

– « *Hemañ eo ma teñzor ret eo gant enor e wareziñ* », cela signifie, « *c'est mon trésor, il faut le protéger* ». Vous m'avez dit que le père de Jean Boulben avait précisé au tailleur qu'il savait qui était l'assassin.

– Oui, il lui avait dit aussi qu'il faut se méfier de ses proches, de ceux que l'on connaît depuis fort longtemps.

– Étrange !

– Oui, dans l'histoire de Louis Caradec, il me disait presque d'enquêter du côté de la nourrice Jacquette. Ce que j'ai fait rapidement, mais, elle n'a pas de fortune, ne possède aucune terre, rien !

– Des nouvelles du valet ?

– Non, on a lancé un mandat de recherche, ainsi que pour Anne, la cadette qui a disparu de ce bordel militaire de Port-Louis. On en sait un peu plus sur ce valet de ferme, François. Il est né à Plouhinec, dans le Morbihan, en 1796. Ses parents l'ont envoyé travailler au Clandy chez un oncle. Au moment des meurtres, il avait dix-huit ans. Il semble qu'il a été impliqué dans plusieurs affaires de viol dans le canton, mais a su échapper aux mailles du filet, pas de preuves concrètes. Les victimes ne pouvaient le reconnaître, il agissait masqué. La brigade du Faouët semble persuadée qu'il est bien l'auteur des agressions. Alain l'a renvoyé du domaine après la pendaison de Corentin. Il a ensuite loué ses services dans plusieurs fermes, a souvent été renvoyé. Les propriétaires portaient plainte pour vols et le dénonçaient, là aussi pas de preuve formelle.

– Triste sire !

– Oui, il semble avoir disparu deux trois jours après mon interrogatoire. Il est certainement coupable. Il faut qu'on le retrouve.

– Et les parents ?

– Ils sont morts depuis quelques années, Le père Yves Bregardis était apprécié, pas d'histoire, La femme Jeanne Morlec…

Jérôme s'arrêta de parler. Il regarda Pierre de la Villemarqué.

– Le même nom que Corentin !

– Vous avez votre homme, lieutenant ! Cherchez du côté d'un héritage dans la famille Morlec !

– Ils étaient pauvres.

– Je vais vous raconter un fait sordide qui s'est passé il y a vingt ans, j'étais encore député à l'époque. Il s'agit de l'histoire du « crucifié de Larmor ». Durant l'été, près du village, on venait de couper les blés. Gaël, un petit fermier, avait amené sa récolte sur un champ, non loin de sa longère. Par sécurité, il avait voulu dormir près de celle-ci. On pouvait la lui voler. Le lendemain, on l'a retrouvé mort, les bras en croix sur la charrette. On avait passé une grosse branche à travers sa chemise, il était crucifié. Vous pensez bien que la religion, les croyances et les légendes de toutes sortes ont été colportées. Mais la vérité, c'est qu'il fut assassiné, par sa sœur qui habitait non loin et qui, avec l'aide de son mari, l'a tué. Et tout cela pour un héritage mal partagé, une somme dérisoire de 20 francs. Ils ont été confondus par un témoin, qui a rapporté les confessions du mari. Sous l'emprise de l'alcool, il s'était confié à cet homme.

19. Hameau de Kervarguet, Kerien.

Septembre 1828.

Jean Boulben semblait abasourdi.

– La même malédiction poursuit notre famille depuis 15 ans. Pourquoi ?

– Racontez-moi ce qui s'est passé.

– Hier matin, Isabelle ne se levait pas, ma femme est allée voir. Elle ne bougeait plus, la langue sortie, les yeux exorbités. On ne l'avait pas vu hier soir. Nous étions rentrés tard d'une visite à la famille, on était resté dîner chez eux. Quand on est arrivé, toute la maisonnée dormait.

– Qui dormait dans ce manoir ?

– En dehors des deux fils qui me restent et les petites jumelles, les deux valets de ferme, François et Jean, et la servante Louise. Elle dormait dans le même lit qu'Isabelle, dans la pièce du fond.

La jeune fille se tenait près de la porte, effrayée.

– Dis-moi ce que tu as vu !

– Elle s'est levée en pleine nuit, elle disait qu'elle devait voir quelqu'un. Je lui ai dit qu'il était bien tard, et qu'il faisait nuit noire. Elle m'a dit qu'elle devait en avoir le cœur net, et que la personne lui avait dit qu'elle passerait sur le chemin de la Clarté vers 10 heures. Ensuite, elle est rentrée, je lui ai posé des questions, mais elle ne m'a pas répondu. Ensuite, elle s'est endormie, j'étais inquiète. Puis dans la nuit, elle s'est plainte de douleurs. Elle a vomi. Elle disait qu'elle ne voyait plus, qu'elle ne pouvait plus respirer. Puis, elle a commencé à délirer. Elle disait que le diable allait l'emporter, elle criait, elle semblait terrifiée.

– Ah, vous êtes là, Docteur Command. Votre avis sur le décès, encore de l'arsenic ?

– Non, c'est de la belladone, la « belle dame », si vous préférez, c'est une plante toxique que l'on trouve dans la nature avec des baies noires que les enfants peuvent confondre avec des mûres. Elle était souvent utilisée au Moyen Âge, pour deux raisons. En premier pour ses pouvoirs hallucinogènes, on dit que certaines femmes, qu'on appelait les « sorcières » en utilisait, d'où leurs visions étranges que l'on associait au diable. C'est pourquoi, on l'appelle parfois, « la cerise du diable ». La deuxième raison, c'est le pouvoir qu'on lui prête de parfaire la beauté des femmes. Les élégantes Italiennes s'en servaient en infusion pour dilater leurs pupilles et leur donner un « regard de braise » pour conquérir leurs amants, d'où son nom de « belle dame ». Le problème, c'est que le dosage est délicat. Un médecin herboriste italien du Moyen Âge précisait qu'en utilisant un drachme[22], la femme pensait être la plus belle du monde. Avec deux elle devenait folle pour un moment. Avec trois c'était à vie. À quatre, elle se tuait. Ce que je viens d'entendre des symptômes décrits me confirme l'absorption de ce poison.

— Comment a-t-elle pu l'absorber ou comment une personne a-t-elle pu le lui donner ?

— Rien de plus simple, en infusion ou en mangeant les baies, car à la fin de l'été, elles sont sucrées.

Jérôme se tourna vers Jean Boulben.

— Isabelle m'a dit qu'elle avait été mariée.

— Oui, Loïc Pensec, il est mort il y a quelques années. Elle était veuve, mais ne s'était pas remariée.

Guillaume qui l'avait accompagné vint lui dire que les valets n'avaient pas dormi dans la demeure. Il faisait encore chaud en cette fin d'été, ils étaient partis dormir dans la grange, et n'avaient rien entendu.

— Sortait-elle souvent la nuit ?

— Non, jamais, c'était une fille sérieuse, elle n'a pu le faire que pour rencontrer quelqu'un en qui elle avait confiance, ou qu'elle connaissait.

— Qu'a-t-elle fait ses derniers jours ?

---

[22] Unité de mesure de l'Antiquité et du Moyen Age, environ 3,4 grammes.

– Son travail habituel, la cuisine, laver le linge, le repasser. Sauf avant-hier, elle m'avait demandé de lui accorder quelques heures, elle voulait voir Jacquette, pour lui dire bonjour. Elle profitait que le valet François devait se rendre au Faouët avec la charrette pour acheter des outils. Je lui ai accordé la permission, Il l'a ramenée après les achats.

– Dis à ce François de venir, Guillaume.

– Il y a deux jours, tu as accompagné Isabelle au Faouët ?

– Oui-da, je l'ai déposé devant l'auberge des trois piliers. Je suis repassé une heure plus tard, elle m'attendait.

– Qu'a-t-elle dit au retour ?

– Rien, elle semblait préoccupée. Je lui ai demandé des nouvelles de la Jacquette, elle a bredouillé quelques mots, puis elle s'est tue.

– Cette Jacquette, elle a travaillé longtemps pour votre père ?

– Je l'ai connu tout petit, elle m'a servi de nourrice à moi, à mon frère et ma sœur. Elle fait partie de la famille. Elle adorait mes parents.

– Quel est son nom ?

– J'avoue que je ne sais pas, on l'a toujours appelé ainsi.

– Avait-elle de la famille ?

– Je sais que la seule famille qu'elle avait, en dehors de son fils, c'était les parents d'Hélène, la mère était sa sœur, et puis un frère pasteur dans une paroisse, dont j'ai oublié le nom. La famille de sa sœur était originaire de Plouhinec, un petit village près de Lorient. Au décès de sa sœur, elle a demandé à mon père si elle pouvait accueillir sa nièce, elle servirait de servante. Elle lui apprendrait. La petite devait avoir sept ou huit ans. Ensuite le pasteur de Bubry avait demandé à mon père de lui céder la petite, quelque temps pour aider sa gouvernante qui se faisait vieille. Elle est partie dans ce village pour deux ou trois ans, puis elle est revenue au décès du pasteur et de sa gouvernante. Jacquette la plaignait souvent, elle nous expliquait que son père, toujours vivant, ne voulait plus la voir.

– Pas très paternel !

– D'après sa sœur, il accusait sa fille d'avoir empoisonné sa mère.

– Et le mari de Jacquette ?

– Elle n'en parlait jamais, un secret de famille, je suppose.

Son père ne voulait plus la voir. Il l'avait accusé d'avoir empoisonné sa mère. Mais c'était faux, c'était L'*Ankou* qui l'avait fait. Il la protégeait des personnes qui lui voulaient du mal. Et comme sa mère l'avait frappée. Elle n'y pouvait rien. Elle l'avait dit à son père. Celui-ci avait demandé à sa sœur, Jacquette, de venir la chercher et de l'emmener loin, dans une autre ferme. Elle deviendrait servante.

L'homme au feutre noir était revenu une nuit et lui avait demandé s'il devait aussi emmener son père.

– Oh, non ! Monsieur, je l'aime. Il n'est pas méchant, je vais faire en sorte d'être gentille, et il va m'aimer.

L'homme au feutre était réparti, déçu, semble-t-il.

Elle avait accompagné Jacquette dans la carriole que menait son fils. Ils s'étaient arrêtés dans le village de Meslan, à la ferme du Clandy.

Il y avait du monde qui travaillait pour le maître Daniel. Ils avaient tous l'air bouleversé. L'*Ankou* était venu chercher un valet qui s'appelait Corentin. La nuit suivante de son arrivée, il était revenu la voir et lui avait expliqué.

Ce valet était tombé amoureux de la femme de Corentin. Celle-ci avait repoussé le domestique François. Elle lui avait dit qu'elle aimait son mari. Il lui voua une rancune tenace et à la belle, et à son mari. Et puis, il l'avait appelé pour qu'il l'emmène. Comme cela, la belle serait disponible. Alors, l'homme au chapeau de feutre vint la nuit, et fit ce qu'il devait faire.

Elle fit la connaissance des deux filles de Corentin. Isabelle était plus grande, Anne avait son âge. Elle était en colère contre sa mère qu'elle accusait d'avoir tué son père. Oh, pas directement, mais elle était la cause involontaire de la mort. Elle lui dit qu'elle haïssait sa mère, qu'elle aurait voulu qu'elle meure. Alors Hélène lui raconta. Il fallait qu'elle aille une nuit, attendre la charrette de l'homme au feutre. Si elle le voyait, il s'arrêterait et lui demanderait ce qu'elle voulait. Elle pourra lui expliquer. Il accepterait, c'est sûr. Anne le fit et lui dit le lendemain qu'elle avait bien vu les deux chevaux efflanqués qui conduisaient la charrette. Mais contrairement à ce qu'avait vu Hélène, Anne disait qu'il était accompagné par deux hommes, tous deux vêtus de noir et coiffés, eux aussi de feutres. Lorsque le char arriva à sa hauteur, l'homme debout sur la charrette cria à celui qui menait les chevaux de s'arrêter. Tout l'équipage s'immobilisa, et l'homme debout s'adressa à elle, d'une voix douce et gentille. Il l'avait écouté, et ensuite lui avait dit ce qu'il fallait faire.

Hélène demanda à Anne quand l'*Ankou* viendrait. Anne lui dit qu'il ne viendrait pas, il lui avait dit ce qu'elle devait faire. Elle était devenue aussi un disciple de l'*Ankou*.

Quelques jours plus tard, la mère des deux filles mourrait.

21. Auberge des Trois Piliers, le Faouët.
Septembre 1828.

Erwan, le fils, se trouvait près de la porte, quand Jérôme arriva près de l'auberge.

— On a appris pour Isabelle. Ma mère est partie au hameau pour bénir le corps. Elle l'a élevée aussi lors de la mort de ses parents.

— J'avais aussi quelques questions à vous poser. Isabelle est venue il y a quelques jours rendre visite à votre mère.

— Oui, la petite semblait préoccupée, inquiète. Je les ai laissées ensemble. Au bout d'un petit moment, Isabelle s'est levée, très pâle. Elle est partie sans me saluer, ce n'est pas son genre.

— Vous connaissez le valet de ferme François ? Il travaillait à la Clarté, mais semble avoir disparu depuis quelques jours.

— Moi, non ! Mais ma mère m'en parlait parfois. Il ne semble pas être quelqu'un de très fréquentable.

— Son nom, c'est Morlec, le même nom que Corentin, celui qui s'est pendu il y a plusieurs années.

— Oui, je crois qu'ils étaient cousins éloignés. C'est fréquent dans les petits villages, deux ou trois familles s'installent dans un hameau, font souche et cent ans après, ils sont nombreux à porter le même nom.

– Ils venaient du village de Plouhinec.

– Oui, à croire qu'ils s'étaient tous retrouvés dans le hameau du Clandy, car la famille d'Hélène y était née aussi.

– Vous la connaissiez ?

– Très peu, je l'ai croisée parfois, quand je venais rendre visite à ma mère. Je me souviens avoir été la chercher avec ma mère, son père ne voulait plus la voir. Une petite fille assez perturbée, un peu simplette qui ne parlait pas beaucoup, sauf pour raconter des légendes et des histoires de sorcellerie.

– Lesquelles ?

– Je ne me souviens plus, mais vous savez ici en Bretagne, cela fait partie de notre culture. On dit même qu'aucune sorcière ne fut brûlée au Moyen Âge en Basse-Bretagne. Et puis, les médecins, il n'y en a pas beaucoup dans le pays[23], donc les rebouteux, c'est chez eux qu'on va se soigner. Ils sont aussi un peu sorciers. Des rumeurs ont couru un moment donné sur la petite. On disait qu'elle avait le don, et en plus elle savait pratiquer des rituels qui donnaient la mort. Ma mère m'a raconté que votre François était venu lui demander de pratiquer ces actes

---

[23] L'usage de la médecine ne fût règlementé qu'à partir de 1803. Elle fait une distinction entre les officiers de la santé et les médecins. Dès lors, les rebouteux et les guérisseurs se retrouvèrent au banc de la société. Il est établie que seul une centaine de médecin soignait en Bretagne, au milieu du XIXe siècle.

de sorcellerie, pour nuire à des personnes. Elle avait refusé et l'avait raconté à ma mère et au maître Alain.

– C'est pour cela qu'il l'avait renvoyé un moment donné ?

– Je ne sais pas, mais c'était peu de temps après la pendaison. Ma mère avait dit que si Corentin s'était pendu, c'était à cause de ce François. Quelques jours après, Alain Boulben l'a renvoyé. Il l'a maudit, en quittant le hameau. Puis, il a raconté partout cette histoire entre la femme de Corentin et le maître. Comme il l'a colporté partout dans les villages aux alentours, la rumeur s'est vite propagée.

– C'est vrai ! Je l'avais dit qu'il était maudit, cet homme.

Jacquette en rentrant dans l'auberge semblait épuisée par le voyage.

– Oui, maudit ! On dit que là où il habitait à Plouhinec au bord de mer, quand il était jeune, un navire avait fait naufrage dans la baie. On avait enterré une dizaine de cadavres. Parmi ceux-ci, il y avait un homme qui portait une grosse alliance en or. Au vu de ses vêtements, on avait pensé qu'il s'agissait du capitaine. Les habitants du village l'avaient enterré avec sa bague. On se racontait encore à la veillée le récit, en parlant du capitaine avec la bague en or. Il faut croire que notre valet maudit y pensa tellement fort, qu'un jour, il se dit que cet anneau en or lui conviendrait mieux qu'au cadavre. Un soir, à la nuit tombée, il descendit à pas de loup vers la plage. Le lieu de sépulture des noyés était marqué par une croix grossière, faite de bois badigeonné et de goudron, qu'on avait eu soin de planter juste au-dessus du cadavre du capitaine. Il se mit à gratter le sable et parvint à tirer les mains du squelette. On le sut, parce qu'un jeune du village, le suivit ce soir-là, intrigué de l'air mystérieux de notre homme depuis quelques jours. D'après ce jeune garçon, il n'arrivait pas à enlever la bague, alors il trancha le doigt. Il s'enfuit ensuite de la plage et regagna le domicile de ses parents. Le lendemain, on vit à l'endroit des sépultures une main qui se dressait pointant le village. Les habitants prirent peur en voyant qu'on avait coupé le doigt où se trouvait l'anneau. Ils enfouirent de nouveau la main, mais le lendemain, la main réapparue et désigna de nouveau le village. Cela dura plusieurs jours, jusqu'à ce que le village fasse venir le recteur et lui raconte l'histoire. Face à la peur du village, le jeune garçon se mit à raconter ce qu'il avait vu. Le pasteur alla voir notre valet maudit et ressortit de la maison de ses parents avec la bague en or qu'il remit à l'un des doigts du squelette, et l'enfouit. La main ne réapparut plus, le sortilège était levé, mais notre homme avait été maudit par le bourg. Il dut le quitter et vint dans notre hameau poursuivit par cette malédiction.

— Vous avez vu Isabelle peu de temps avant sa mort, que lui avez-vous raconté pour qu'elle paraisse si effrayée et triste ?

— Je lui ai dit la vérité, c'est sa sœur Anne qui a tué leur mère !

— Comment le savez-vous ?

— Je lui ai arraché des aveux. Elle m'a dit que c'était elle qui avait mis de l'arsenic dans un plat. Je lui ai dit aussi qu'après cela, comme j'avais vu qu'elle avait les mêmes symptômes de la maladie, j'ai décidé le maître à l'envoyer au loin dans ma famille pour qu'elle soit protégée de sa sœur.

– Ensuite ?

– Un jour, Anne a disparu avec Hélène.

22. Domaine de la Clarté. Kerien.
Octobre 1828.

Il s'était caché durant plusieurs jours, mais la faim l'avait perdu. Il était sorti de sa cachette. On l'avait reconnu, et on l'avait dénoncé au garde champêtre. François Bregardis avait été arrêté. On l'avait placé dans les ruines de la chapelle Saint-Anne de la Clarté, on attendait les gendarmes.

Joseph pénétra dans le lieu et dévisagea le suspect.

– Tu as tué Corentin, il y a treize ans. Tu l'as frappé à la tête, mis une corde à son cou. Puis, tu l'as hissé maladroitement sur un escabeau, et tu as donné un coup de pied. L'escabeau est tombé, le corps s'est raidi. Il a certainement repris conscience à ce moment-là, et il est mort étranglé. Tu voulais te venger, sa femme Marie-Jeanne t'avait éconduit. Elle aimait son mari, alors tu as voulu le tuer. On a la déposition du tailleur d'habit, celui de Jacquette, et puis on a retrouvé dans ta masure, un nœud identique à celui décrit par les gendarmes et le tailleur. Ensuite, tu as tué sa femme…

– Non, je ne l'ai pas tué. Oui, c'est moi qui ai assassiné Corentin, et je suis content de l'avouer, cela me soulage. Je suis damné depuis, maudit par cette sorcière ! Je ne vis plus. Je suis renvoyé de partout. Je suis gravement malade. Elle m'a jeté un sort. Mais je n'ai pas tué Marie-Jeanne. Ce n'est pas moi, le maître Alain m'avait renvoyé avant son décès. Je n'étais plus au village.

— De quelle sorcière, tu parles ?

— Anne, la cadette. Je l'ai revue il y a peu, une vraie sorcière, elle vit dans les ruines d'un manoir, du côté de Guiscriff.

— Que fait-elle ?

— Elle soigne les gens, contre quelque argent. C'est pour cela que j'avais été la voir. Je ne l'avais pas reconnue, mais elle, oui. Elle m'a tout de suite maudit, en disant que mon mal allait s'aggraver. Je ne comprenais pas. Puis elle m'a dit qui elle était. Elle m'a dit que son père était mort parce que je l'avais tué. Je ne comprenais pas comment elle pouvait savoir, quand j'ai assommé son père, c'était la nuit, il n'y avait personne. Elle m'a dit que sa mère était morte à cause de ce que j'avais fait. Je lui ai dit que ce n'était pas moi. Elle m'a dit « je sais c'est moi, mais si je l'ai tuée, c'est à cause de toi ».

— Tu es sûr de ces paroles ?

— Oui, je ne les ai pas comprises, mais mon mal s'est aggravé, je souffre de douleurs atroces au ventre. Je suis maudit.

— Mais, tu as tué la femme d'Alain et sa fille, avec du poison.

— Non, ce n'est pas moi, j'étais déjà loin de la ferme. Je ne connais ni les poisons ni les doses.

— Anne t'a dit aussi qu'elle avait tué ces personnes ?

— Non, elle était déjà sur les chemins avec Hélène, loin d'ici.

Sa tête retomba sur sa poitrine. Il était épuisé. Jérôme vit qu'il ne pourrait plus rien en tirer. Il fit signe aux gendarmes de le prendre pour qu'il soit conduit en prison.

De retour à Quimperlé, il vit dans la cour des bâtiments abbatiaux de Sainte-Croix, où logeaient les gendarmes et leurs familles, le député-maire Pierre de la Villemarqué qui sortait du bureau de son supérieur. Il mit pied à terre.

– Alors lieutenant, du nouveau ?

– Oui, Monsieur, on tient le coupable de Corentin, ce n'était pas une pendaison, mais un meurtre. C'est l'ancien valet du lieu François Bregardis. Il a avoué. Treize ans, c'est long pour résoudre un meurtre, mais mieux vaut tard…

– Que jamais ! Bravo lieutenant ! Et pour les autres ?

– Je pense d'après une déclaration faite par ce valet que la femme de Corentin fut tuée par sa fille cadette, Anne. Elle a dû croire les ragots colportés par cet homme sur une relation entre sa mère et lui, et par colère, a empoisonné celle-ci. Il faut la chercher dans les ruines d'un vieux manoir de la région. Je vais envoyer des patrouilles, on verra si c'est elle qui toujours par vengeance ou par dépit a empoisonné les deux garçons de Kervarguet et Isabelle, sa sœur.

– Et la femme d'Alain Boulben, Marguerite, et sa fille ? Et lui, car cette pendaison est aussi suspecte ?

– Quelque chose me dit que cela n'est pas aussi simple pour ces décès. Je dois encore poursuivre mon enquête. Mes respects, Monsieur le Député, je dois encore signer les papiers pour le mandat de dépôt criminel.

23. Hameau de Kervarguet. Kerien.

Octobre 1828.

– Non, lieutenant, impossible ! Je suis heureux que vous ayez résolu ces vieilles affaires, mais non ! Hélène et Anne ont disparu quelques semaines avant le décès de ma mère et de ma sœur.

Au fond, Jérôme s'en doutait quelque peu. Hélène avait empoisonné sa mère, mais pas la mère et la sœur de Jean Boulben qui se tenait devant lui. Ils étaient attablés dans la grande pièce du manoir.

– Et vous dites que vous êtes persuadé que mon père ne s'est pas pendu, mais qu'on l'a tué. Cela me soulage un peu, malgré la peine de la mort de mes deux fils. Mais pourquoi tuer des enfants ? Quel est le lien avec mon père ?

– Je ne sais pas, mais s'il est mort, c'est qu'il a découvert qui était l'assassin de votre mère et de votre sœur. Si on élimine les suspects qu'aurait pu être François qui n'était plus présent, et Anne et Hélène qui s'étaient déjà enfuies, il ne reste que les gens présents à cette époque dans le hameau du Clandy.

– Il y avait les parents de François, Yves et Jeanne. Ils sont morts de vieillesse maintenant. Les Morlec, ma famille et trois autres familles qui y habitaient et cultivaient des terres pour mon père, les Salaüin, les Terguel et les Belledic. Mais ils avaient de bons rapports avec mes parents. Ils avaient tous des enfants, en bas âge si je me souviens bien, cela faisait une vingtaine de personnes en plus de celles que vous connaissez. Je ne sais pas ce qu'ils sont devenus.

– Qui a racheté les terres de votre père ?

– Je ne sais pas. Lui, non plus ailleurs, il nous avait dit que c'était un prête-nom, l'acheteur était un cabinet de notaires sur Quimperlé. Il soupçonnait que la personne ne voulait pas que l'on sache qui il était.

– Quel était le nom du cabinet ?

– Celui de Maître François-Marie Chardel, je crois. Son étude est établie rue du Château.

– Parlez-moi de ce hameau où nous sommes, qui l'habitait avant votre venue ? Depuis quand est-il peuplé ?

– C'est une longue histoire et en même temps c'est rempli de contes, je ne sais pas où est la vérité, où est la légende.

– Cela peut m'éclairer pour mon enquête.

– Le nom viendrait de « Kermarch'er », le « hameau du chevalier », puis les lettres ont dû se transformer avec le temps, et c'est devenu « Kervarch'et », puis « Kervarket », puis « Kervarguet » au début du XVIIIe siècle. On dit que les familles les plus anciennes qui l'ont habité étaient les Penru, les Belledic et les Guillou au XVIIe siècle, enfin de par les traces écrites que l'on a, mais je suppose que des familles habitaient le hameau au Moyen Âge, d'où le nom.

– Votre chevalier ne devait pas être bien riche, sauf votre respect, les terres aux alentours ne suffisent pas à établir une seigneurie bien importante.

– Non, mais cela aurait pu être une motte castrale, vous avez vu que le hameau se trouve situé sur une petite colline. La légende dit qu'un petit château était établi sur le point le plus élevé là-bas, sur le chemin à quelques centaines de mètres, et lors de sa destruction, les familles du hameau ont construit les maisons que vous voyez avec les pierres du manoir.

– Vous avez parlé de destruction ?

– Oui, on raconte que cela s'est passé lors de la révolte des « torreben » sous le règne de Louis XIV.

– Les « torreben » ?

– Les casses têtes en breton, vous devez en avoir entendu parler sous le nom de la révolte des « bonnets rouges ».

– Exact !

– La révolte a eu de l'ampleur dans le pays. On l'a nommée la révolte des bonnets rouges, car les insurgés portaient des bonnets bleus ou rouges selon la région. Dans le Centre et l'Ouest de la Bretagne, le bonnet porté était de couleur rouge, tandis qu'il était bleu, dans notre pays. « Torreben », c'est le cri de guerre des paysans de toute la Bretagne. Lors des guerres du

Roi Louis XIV, la flotte hollandaise menaçait la Bretagne. Ils ont débarqué sur Belle-Île en 1673 et sur Groix en 1674. La situation économique était mauvaise. Pour financer sa guerre, Louis XIV a levé de nouveaux impôts. D'abord une taxe sur le papier timbré, en avril 1674. Le papier et la taxe étaient rendus obligatoires pour tous les actes susceptibles d'être utilisés en justice, puis la vente de tabac fut réservée au roi, qui préleva une taxe à la vente.

– Je suppose que la situation économique devint encore plus difficile.

– Oui. Les seigneurs devant la baisse de leurs revenus augmentèrent leurs impôts sur les terres louées aux paysans. Il faut savoir que la Bretagne est un pays, où les autres impôts de la France n'existaient pas, depuis l'acte d'union en 1532, une sorte d'exception, en contrepartie de son rattachement. Il était impossible au Roi de France de juger des Bretons en dehors de leur juridiction, de nommer les offices et les officiers bretons, et de déclarer une guerre qui entraîne le pays, sans le consentement du parlement breton, toutes clauses du traité que Louis XIV s'empressa de violer. C'est par le Parlement de Bretagne que Louis XIV fit enregistrer la taxe sur le papier timbré et la taxe sur le tabac au mépris des traités antérieurs. Dans nos campagnes, la révolte gronda rapidement, et les émeutes éclatèrent un peu partout, au Faouët et à Lannegenn, à l'occasion des pardons. Les seigneurs favorables à la royauté, et donc à la France, furent molestés. Tous les actes consignant les privilèges seigneuriaux furent détruits, les châteaux assiégés et pillés et des nobles attaqués et tués. C'est à cette époque que le manoir de Kervarguet fut détruit, à ce que l'on dit. Puis la répression s'installa, elle fut sanglante. Les clochers des églises où les pasteurs avaient soutenu la révolte, furent rasés sur ordre du Roy. Des troupes royales, des régiments de dragons, arrivèrent et détruisirent une partie du pays.

— Je pensais que les paysans bretons défendaient leurs seigneurs.

— Non, pas durant ces émeutes, ce sont les nobles de la restauration qui colportent cela. Dans notre pays, la rébellion a laissé des traces dans le cœur et le souvenir de nos gens. Le Roi ordonna la destruction de toutes les archives concernant la rébellion donc, il n'y a plus de traces écrites. Le duc de Chaulnes[24] a commandé la répression, des insurgés qui furent pendus, ou envoyés aux galères. Beaucoup ont dit que c'était une révolte contre les nouveaux impôts, c'est vrai, mais c'était aussi une révolte contre les mauvais traitements des nobles bretons vis-à-vis des paysans.

---

[24] Charles d'Albert d'Ailly, duc de Chaulnes, gouverneur de Bretagne. La violence de sa répression lui aliéna ses alliés nobles bretons et lui valut le surnom de « gros cochon », « *hoch lart* », par le peuple, ainsi que celui de "duc damné".

– Vous avez parlé des familles qui habitaient le hameau du Clandy, certains vous ont suivi ici à Kervarguet.

– Non, toutes vivaient ici avant mon arrivée. Bien sûr les Moulic sont liés à la famille Belledic.

– Les Belledic ? Cela devrait me dire quelque chose ?

– Oui, c'est le nom de famille de Jacquette. Depuis notre conversation l'autre jour, je me suis renseigné, elle porte le nom de Belledic, mais c'est son nom de jeune fille.

– Donc, elle était fille-mère, comme on dit.

– Oui, et cela n'a pas dû être facile pour elle. Quand cela arrive dans notre pays, on les envoie dans le département de la Seine, à Paris, pour être placé comme bonne dans une famille. Ainsi, elles peuvent laisser l'enfant à la tour d'abandon[25], et s'éloigner du village et des ragots. Ce ne fut pas le cas de Jeannette. Dans beaucoup de cas, il y a infanticide dans notre pays. On sait que cela se pratique couramment, et peu de cas sont découverts. Mais non, elle l'a élevé et très correctement, vous le connaissez ?

– Oui, Erwan, le patron de l'auberge du Faouët.

---

[25] Depuis 1801, les villes avaient mis en place des tours d'abandon. Il s'agit d'un guichet tournant installé dans la façade des hospices. Ce dispositif permettait aux mères de déposer leur enfant dans l'anonymat. Le décret impérial du 19 Janvier 1811 officialise l'usage de la tour de l'abandon. A Paris, ce dispositif a fonctionné une cinquantaine d'années de 1810 à 1860, jusqu'à la création de l'assistance publique.

24. Le bourg de Kerien.

Octobre 1828.

– Oui, lieutenant, il faut que ces meurtres s'arrêtent.

Le pasteur Yves Le Coët regarda longuement à l'horizon.

– Anne est dans la sacristie. Elle est venue de son plein gré pour me voir et se confesser. Je lui ai donné l'absolution et comme pénitence, je lui ai dit qu'elle devait affronter la justice des hommes. Elle est d'accord, elle vous attend dans la pièce à côté.

Joseph Frossard, surpris, ouvrit la porte. Elle se tenait agenouillée, et priait. Il attendit patiemment qu'elle se relève.

– Je t'écoute.

– J'avais 13 ans à l'époque, j'ai empoisonné ma mère avec de l'arsenic que j'ai mis dans son plat. J'avais entendu Jacquette en parler. Il ne fallait pas toucher ce produit dont on se servait pour détruire les rats qui pullulaient dans nos champs et nos granges. Alors, comme je la tenais pour responsable de la mort de notre père, j'ai voulu la tuer.

– Ensuite, tu as tué la femme du maître et sa fille.

– Non, ce n'est pas moi, devant Dieu, ce n'est pas moi. Mais j'ai aussi voulu tuer ma sœur Isabelle.

– Pour quelle raison ?

– Elle disait que ce n'était pas la faute de notre mère, qu'elle était innocente de ce dont on l'accusait. La douleur pour la mort de mon père s'est transformée en haine. Heureusement, son éloignement l'a sauvée. Ensuite, je suis partie. J'ai revu ma sœur, il y a peu. Je lui ai donné rendez-vous un soir sur le chemin, près du hameau. Elle est venue. Je lui ai tout raconté. Elle m'a regardée, bouleversée par mes aveux. Elle m'a demandé si j'avais aussi empoisonné les deux petits de Jean Boulben, j'ai dit que non, je ne les ai jamais vus. Je lui ai dit que c'était le valet François qui avait tué notre père, en faisant croire à un suicide.

– Comment l'as-tu su ?

– Un jeune garçon d'une famille de la ferme l'avait aperçu faire un nœud coulissant avec une corde, ensuite il l'avait reconnu autour du cou de Corentin. Je l'ai revu il y a peu, il était venu me voir pour m'acheter un remède dans les ruines que j'habite. Il m'a reconnu, et il m'a raconté. Il m'a dit qu'il n'avait rien dit à l'époque, car il était terrorisé par le valet François, il devait avoir sept ou huit ans.

– Comment est morte ta sœur, Isabelle ?

– C'est de ma faute. Je lui ai dit qu'elle aurait dû m'en empêcher, elle était l'aînée, je lui avais dit à l'époque, que j'allais tuer notre père, mais elle ne m'a pas dénoncée, elle voulait me convaincre. Après notre rencontre de l'autre jour, je pense qu'elle a dû s'empoisonner de désespoir, croyant que tout cela était arrivé à cause d'elle. Mais non ! C'est bien moi la fautive, et même si je n'ai pas administré le poison, c'est moi qui l'aie tuée !

François la fit emmener ensuite par les gendarmes pour rejoindre la prison de Quimperlé. Elle se retrouverait non loin de celle qui l'avait, sans le vouloir, influencée par les croyances de l'*Ankou*, Hélène.

Le pasteur l'attendait.

– Vous savez, je combats souvent toutes ces balivernes que mes paroissiens colportent sur la mort, le diable et le bon Dieu. Cela mène à ce genre de drame.

– J'espère qu'ils ne sont pas nombreux, mon père !

– Savez-vous que tous les ans, en septembre a lieu un pèlerinage qui se tient à la fontaine de Notre-Dame du Roncier, près de Josselin, depuis le dixième siècle. Là aussi, une légende a introduit la malédiction, celle des lavandières de cette paroisse, qu'on dénomme maintenant les « Aboyeuses de Josselin ». On y avait découvert une statue antique dans un amas de ronces, qu'on avait pris à l'époque pour une vierge. Un paysan l'avait emporté pour la mettre à l'abri. Mais la légende disait que chaque matin, on l'a retrouvée de nouveau dans les ronces. Alors, aux mêmes causes, les mêmes effets, on bâtit une chapelle à l'endroit de la découverte et aux dires des paroissiens, de nombreux miracles se succédaient. Le pèlerinage était déjà très suivi au siècle dernier. Il a lieu tous les ans, le 8 septembre, jour de la nativité de la Vierge. En 1728, un nouveau miracle surpassa tous les précédents. Trois enfants épileptiques, d'un bourg non loin de là, suivirent la procession, conduits par le père. Messes, prières, ensuite on alla boire à la fontaine, l'eau miraculeuse. Aux dires des paroissiens, les enfants furent subitement guéris.

Une autre légende raconte qu'un jour une mendiante passant devant demanda la permission de boire à la fontaine. Les lavandières se mirent à rire, à plaisanter et à lancer des injures à la pauvre femme. Un chien présent, mis en furie par les mégères, aboya méchamment. C'est alors que se révéla la vraie identité de la mendiante, c'était la Vierge Marie, et elle punit les lavandières en leur promettant que dorénavant, elles ne parleraient plus, mais aboieraient comme le chien ! Le pèlerinage fut appelé le « pardon des Aboyeuses ». Le mal que l'on décrivait, n'atteignait que les femmes qui se mettaient à aboyer comme des chiens enragés. Encore de nos jours, on les amène à l'église de gré ou de force et là, on oblige les « possédées » à baiser un reliquaire. Pour assister à ce « spectacle », les pèlerins sont nombreux, et se massent sur le passage de la procession qui se rend à la fontaine. Là, les « Aboyeuses » sont lavées, pour éviter les convulsions épileptiques. Tout cela est permis et même béni par le diocèse. Alors, comment voulez-vous lutter contre les autres superstitions ?

– Effectivement !

– J'occupais avant de venir ici mon sacerdoce dans une paroisse des Côtes du Nord[26], c'était à l'époque de la petite chouannerie en 1815.

– Je ne savais pas qu'il y avait eu une grande et une petite chouannerie, mon père !

– La grande, tout le monde la connaît, les dates aussi. Pour la petite[27], c'est moins connu. Ce fut une guerre dans le pays qui opposa les royalistes et les bonapartistes, durant les Cent Jours. Les paysans s'étaient révoltés. Mais encore une fois, ils n'étaient pas contre l'Empereur, comme en 1792, ils n'étaient pas contre la République, ils étaient hostiles à la conscription. Celle-ci les faisait partir de leurs terres, de leurs cultures pour aller combattre dans un pays qu'ils ne connaissaient pas et auquel ils n'appartenaient pas. Après la révolte des paysans, les nobles royalistes y adhéraient pour défendre leurs idées. Pour les fermiers, lorsque le 10 avril 1815, Napoléon ordonna la mobilisation des gardes nationaux et des anciens soldats de la

---

[26] Devenue les Côtes d'Armor en février 1990.
[27] Il y eu une troisième révolte en 1832, animée par la Duchesse de Berry, veuve du fils de Charles X, qui avait abdiqué et prit l'exil en juin 1830. Elle ne connut que peu de succès.

Grande Armée, nos villageois accueillirent très mal la mesure. L'hiver était passé, le printemps était là. Les semences étaient à faire, les champs à retourner, nos campagnes avaient besoin des bras des hommes, sinon la famille mourrait de faim, durant l'hiver. Dans le pays où j'étais pasteur, des centaines d'hommes prirent les armes. Les comtes et les marquis bretons organisèrent la révolte. On attaqua les villes restées fidèles à l'Empire, les défaites des chouans furent importantes, des milliers de morts. Le 20 juin 1815, les impériaux battirent les royalistes à Auray et en Vendée. Quelques jours auparavant, il y a eu la bataille du Mont-Saint-Jean[28], l'Empereur était défait. Mais pourquoi donc, je vous raconte tout cela ?

– On parlait de superstition, mon père !

– Oui, dans ma paroisse, il existait le château de Saudraie, presque en ruine, à quelques lieux de Saint-Brieuc. Un homme, grand propriétaire de la région, s'était mis en tête de le restaurer, pour y habiter. Mais il était déclaré hanté. Les fermiers de l'homme lui avaient déconseillé de le faire, car la nuit on entendait des bruits qui devaient être la manifestation des âmes des anciens nobles qui avaient été damnés pour quelques forfaits

---

[28] La bataille et la défaite de Waterloo fut longtemps appelé en France, la bataille du Mont-Saint-Jean, du nom du lieu principal où se déroulera le plus grand affrontement des quatre jours de combat, le 18 juin 1815. Wellington écrivit la dépêche de la victoire des Anglais et des Prussiens depuis son quartier général, situé sur la commune de Waterloo, l'histoire gardera ce nom.

inavouables. Il entama les restaurations, et pour mieux les surveiller, dormit dans l'une des pièces du château.

Il m'expliqua par la suite, que durant les dix mois qu'il y résida, toutes les nuits il était dérangé par des sons insolites. Le premier qu'il entendit, fut un cliquetis de chaînes. Il trouva l'origine, une ancienne girouette rouillée, qui en tournant produisait par frottement sur la toiture, le bruit d'une chaîne de cloche, détectable dans le silence de la nuit. Le second bruit qu'il entendit, fut des claquements sourds. Cela se produisait les nuits de forts vents. Il comprit que le son était produit par les rafales qui se répercutaient sur les murs de la pièce, dont les hauteurs et les angles étaient différents. Il mit un peu plus de temps à comprendre l'origine du troisième son qu'il entendait toutes les nuits vers 10 heures du soir et 4 heures du matin, une dizaine de coups rapprochés et réguliers. Il s'aperçut que cela n'était perceptible que dans cette pièce, et que, si l'on montait dans les étages, l'on n'entendait plus rien. Un jour, assez tard dans la nuit, il travaillait à l'écurie. Il s'aperçut que l'un de ses chevaux s'étant réveillés frappait du pied sur le sol. Il savait que le sous-sol était fait de caves et de galeries, parfois oubliées et murées. Il comprit alors que le son des sabots des chevaux par terre, devait se répercuter dans les caves et se transmettre aux corps des cheminées de pierre. Comme vous le voyez, nous, Bretons, préférons continuer à croire aux légendes et aux sortilèges de toutes sortes, c'est plus rassurant, car c'est immuable.

25. Gendarmerie de Quimperlé.

Novembre 1828.

Le député-maire rentra dans la gendarmerie et croisa Joseph qui en sortait.

– Je venais vous voir. Vous commencez à comprendre cette histoire !

– Oui, et non ! On a résolu trois meurtres, mais il en reste d'autres à élucider.

– Mais, ce sont ces deux-là, lieutenant, ils en ont avoué trois pour minimiser leurs crimes, pensant échapper à la guillotine !

– J'ai tendance à croire que les empoisonnements de la femme et la fille Boulben au Clandy, le meurtre d'Alain le chef de famille, et les deux garçons de Kervarguet ont été commis par d'autres personnes.

– Le juge d'instruction Bernard Abyven n'est pas de votre avis, il va rédiger les actes de mises en examen et faire les premières comparutions du valet et de la sorcière.

Joseph se dit qu'il fallait se dépêcher, il devait vérifier quelques détails en se rendant de nouveau sur le village de Kerien. Il s'y rendait seul. La route lui semblait plus courte que les premières fois. Le froid commençait à s'installer sur le pays.

On était presque à la fin du mois de novembre, les premiers frimas avaient fait leurs apparitions.

Jean s'était porté à sa rencontre, il l'avait vu de loin gravir à cheval la montée qui menait à quelques pas du manoir.

– Bonjour lieutenant, on se prépare pour l'hiver qui risque d'être froid. Je n'ai pas oublié la mort de mes enfants, mais les autres nous obligent à porter notre peine, et à continuer notre vie. Ma femme s'en remet petit à petit.

– Quelle était la différence d'âge entre vos parents ?

– Ma mère était beaucoup plus jeune que mon père, une vingtaine d'années je crois. Il avait été marié tôt, comme tous les gens du pays, mais sa première épouse était morte en couche lors de la naissance de son premier enfant. Je pense qu'il l'avait vraiment aimée, et qu'il fut difficile à consoler. Il resta seul et finalement se maria une seconde fois, vingt ans plus tard et eut ses trois enfants, dont moi. C'est pourquoi, il ne se remit pas de la mort de sa seconde épouse, enfin de ma mère, qu'il avait aussi aimée.

– Jacquette était déjà à son service ?

– Oui, bien sûr. Elle avait été embauchée par le grand-père. C'était une jeunette à l'époque, à peu près l'âge de mon père. On peut dire qu'ils ont passé leurs enfances et leurs adolescences ensemble. Elle était très dévouée à mon père. Vous posez de drôle de question !

– Cela fait partie de ma mission lors d'une enquête.

– Je pensais qu'elle était close. Tout le monde raconte que la fille a tué sa mère, puis ma mère et ma sœur, mes garçons et enfin Isabelle, sa propre sœur. La malédiction est terminée. Je ne devrais plus craindre pour la vie de mes proches. Elle sera exécutée en place de Quimper, justice sera faite, je pourrai faire mon deuil après cela. Quant à Corentin, c'est ce valet qui l'a tué !

– Et votre père ?

– J'avoue que cela me trotte dans la tête ! Je n'arrive pas à comprendre ! C'était peut-être l'œuvre d'un rôdeur ! On essaye de relier cela au reste, mais il n'y a aucun lien.

– Je pense le contraire Jean, comme dans le récit que l'on m'a raconté, il y a peu de temps. C'est l'histoire d'un fermier qui avait du bien. Un jour, il s'aperçut qu'une partie de ses économies avaient disparu. Impossible de trouver le coupable ! Il dressa un piège pour le savoir. Il partit vendre une bête, s'arrangea pour le faire savoir et surtout revenant de la foire, mit les écus dans un endroit, en disant à tous qu'il espérait que celui-ci ne disparaîtrait pas comme la première fois. La nuit, il se tint près de la cheminée où il avait dissimulé cet argent dans une cache près du foyer. Il attrapa l'un des valets qui venait de se glisser dans la demeure pour le voler. Ce valet reconnut vouloir prendre ces écus, mais nia avoir volé auparavant. Personne ne le crut, et il fut condamné pour le vol et la tentative de vol. Le fermier pour remercier le ciel de l'avoir aidé à attraper le voleur, paya à son curé une messe pour remercier le Saint de sa paroisse, qu'on appelait Saint-Yves de la Vérité. En rentrant de celle-ci, il dit à sa femme ce qu'il venait de faire. Celle-ci, tout pâle lui dit que cette messe la maudirait pour toujours. Ne comprenant pas, elle lui expliqua que c'était elle qui avait pris l'argent la première fois, qu'il n'avait pas été volé. Tout cela pour vous expliquer, que l'on ne doit pas toujours considérer l'évidence comme la vérité, mais comme une hypothèse.

26. Gendarmerie de Quimperlé.

Novembre 1828.

Joseph discutait tranquillement avec le juge d'instruction.

– Elle a avoué !

– Oui, Monsieur le juge, c'est bien elle qui a tué par empoisonnement, Marguerite Boulben.

– Et la fille ?

– Un accident, elle était venue apporter un morceau de gâteau à la mère, qui lui demanda d'aller chercher un objet. Elle sortit de la pièce et Marguerite Boulben partagea le morceau de gâteau avec sa fille qui venait de rentrer dans la pièce. Celle-ci mourut en second, on peut supposer qu'elle en avait moins mangé.

– Et le mobile ?

– La jalousie ! Quand Alain Boulben resta seul après la mort de sa première épouse. Jacquette qui l'avait certainement aimé dès le premier jour, se mit à espérer qu'il ferait attention à elle, et la demanderait un jour ou l'autre en mariage. Mais non, Alain aimait sa première épouse et il resta seul longtemps. Mais bon, elle réussit cependant à devenir sa maîtresse, et arriva ce fils, Erwan.

– Comment avez-vous soupçonné cela ?

– Chaque fois, que je voyais Erwan, je me disais que je l'avais déjà vu quelque part. Le regard, les yeux m'interpellaient. Un jour, mais aussi grâce au pasteur du village, j'ai compris qu'il avait le même regard que Jean Boulben, à partir de là, il était évident qu'ils avaient le même père Alain.

– Qu'a-t-elle précisé d'autre ?

– Elle était désespérée lors du remariage. La haine de la nouvelle épouse croissait de jour en jour. L'animosité entre les deux personnes était forte, car Marguerite, la seconde épouse, avait certainement deviné les relations qui avaient dû se passer entre son mari et sa servante. Savait-elle qu'il y avait eu un fils de ses relations ? Jacquette dit que non. Alain avait donné de l'argent pour l'enfant. Il avait été placé chez une nourrice, puis plus tard, il a vécu avec sa mère au hameau. Il a toujours été dans l'ignorance de l'identité de son père. Un jour, Jacquette a entendu Hélène expliquer à Anne comment il fallait s'y prendre pour mélanger de l'arsenic dans la fabrication d'un gâteau. Après le décès de la femme de Corentin, devinant que c'était Anne la coupable, elle se dit que le moment était propice pour faire disparaître la seconde épouse, pensant qu'elle pourrait ensuite renouer avec son amour de toujours. Le décès de la fille était un accident, elle ne voulait pas la mort de l'enfant, et s'en était voulu. Mais ces morts avaient fait leur œuvre dans le pays, le lieu était maudit, la suite fut le départ des familles, la vente des terres et des maisons.

– Et le chef de famille, elle l'a tué aussi, par désespoir ?

– Non ! Elle n'aurait pas touché un seul de ses cheveux. Sa mort reste inexpliquée. Pour les deux garçons aussi, cela reste un mystère.

– Ah, non, lieutenant, vous n'allez pas recommencer vos histoires. Bravo, pour ce troisième coupable qu'on aurait jamais soupçonné, mais cela clôt définitivement ces assassinats. Je vais inculper François Bregardis pour les meurtres de Corentin Morlec et d'Alain Boulben, le nœud nous prouve que c'est bien la même personne qui a fait le coup. Je vais inculper Anne Morlec pour la mort de Marie-Anne Morlec, des garçons Alain et Jacques Boulben et d'Isabelle Morlec, le mode opératoire est identique.

– Il semble que pour Isabelle, c'est un suicide !

– Peu importe, elle a dit que c'était de sa faute ! Enfin, je vais inculper Jacquette Belledic de la mort de Marguerite Boulben mère et de Marguerite Boulben fille.

Le lieutenant quitta le bureau du procureur et se rendit au domicile du député-maire. Les entretiens lui avaient permis de dénouer les fils de cette histoire, mais pas tous.

– Bravo, vous avez résolu l'affaire de main de maître, et ce n'était pas facile. Finalement, votre œil neuf, et sans préjugé ni sornette de toute sorte, vous a permis de résoudre l'affaire.

– Détrompez-vous, Monsieur le Maire, vos histoires et vos explications m'ont beaucoup aidé. Sans cela, je serais toujours en train de chercher les coupables. Mais je n'arrive pas à être complètement satisfait de mon enquête.

– C'est la victime Alain qui vous dérange ?

– Oui ! Le suicide est à exclure. Un vagabond ? Peut-être, mais aurait-il laissé pénétrer chez lui, un inconnu, alors qu'il savait qu'on en voulait à sa famille et à lui. Bregardis, des années plus tard, et sur quel mobile ? Non ! Cela doit avoir un lien avec ses terres qu'il avait vendu.

– Au fait, avez-vous été voir le notaire ?

– Non ! Cela m'a échappé et je m'en veux !

– Allons-y ensemble, il habite près d'ici, et je ne vous cache pas qu'il parlera plus facilement si je suis avec vous.

Les deux hommes, introduits quelques minutes plus tard par un clerc, entrèrent dans le bureau de Maître François-Marie Chardel.

– Comprenez que je ne peux vous délivrer les papiers sans mandat, mais je peux vous livrer une information. C'est une même et seule famille de la région qui a acheté les terres. Cela m'a étonné de par le peu de bien qu'elle possédait, mais les différentes branches ont acheté des parcelles et ont ensuite signé une reconnaissance de cession, moyennant finance à la même personne, un certain E. Cado.

– Cela ne nous avance pas, des Cado, il y a partout dans le pays, c'est un nom courant, Maître.

– C'est vrai, mais c'est tout ce que je peux vous dire.

– Qui exploite les terres ?

– Une fois la cession fête, j'ai fait signer des baux de métayage pour une durée de 5 ans, renouvelable.

Joseph poussa un soupir de désespoir.

– Il est donc impossible de savoir qui se cache derrière tout cela !

27. Église Saint Croix, Quimperlé.

Décembre 1828.

Joseph avait accompagné la belle institutrice Thérèse Leibrecht à l'office du dimanche. Le froid de ce mois de décembre avait envahi cette abbaye. Les Quimperlois avaient la fierté de préciser que c'était la seule église de Bretagne à avoir un plan circulaire identique à l'église Saint-Sépulcre de Jérusalem.

Mais il ne regardait pas trop autour de lui la beauté de l'édifice, plus subjugué par une autre beauté. Il devait cependant faire attention aux parents de la jeune fille qui les avaient accompagnés. Une famille proche des idées du temps, c'est-à-dire acquise à celles de la Restauration. Le père, Olivier peintre et vitrier à Quimperlé depuis que le grand-père originaire d'Arras y était venu s'installer, et la mère Marie-Josèphe,

Bretonne d'origine, étaient de fervents catholiques royalistes. Admirateur du comte de Polignac, le favori de Charles X, partisan de la monarchie intégrale et soutien sans faille de l'Église de Rome. Les parents suivaient l'office avec ferveur, bien éloignés des mentalités de la campagne des environs, et de leurs préoccupations. Ils représentaient la nouvelle petite bourgeoisie qui voyait le jour dans les villes de Bretagne.

La messe se terminait et Joseph sortait avec Thérèse à son bras. Il avait fait sa demande officielle aux parents la semaine dernière, et ceux-ci trop contents d'avoir un officier de gendarmerie comme gendre, avait accepté avec empressement. Heureusement, leur fille ne partageait pas les idées ultras des parents, et c'est à elle seule qu'il avait expliqué le rôle qu'avait tenu son père dans la grande Armée de l'Empereur. Elle l'avait dissuadé d'en parler à ses parents. Il avait été invité pour partager le repas dominical, sorte d'institution dans la famille. Ils habitaient une maison assez cossue dans la haute ville, non loin de l'église Notre-Dame de l'Assomption. Ils auraient pu se rendre à la messe, mais il était de bon ton pour la bourgeoisie, de se faire voir dans celle de la basse ville, où les ménages nobles et cossus se montraient tous les dimanches de l'année. Lors du repas, il répondit aux questions du père sur son métier, ses occupations, son salaire, ses avantages, ses projets, et même ses enquêtes qu'il décrivait avec discrétion.

– Oui, mon cher Joseph, toute la ville a décrit avec quel succès vous avez conduit cette enquête et les arrestations que vous avez faites. Le Député-maire se félicite de vos qualités et de votre ardeur à démasquer les coupables. Vous irez loin.

Il voyait de côté, la tête de sa fille qui prenait un air boudeur en écoutant les paroles niaises du père.

– Et ce voyou de Bregardis qui maquillait ses meurtres en pendaison, heureusement, votre flair vous a permis de dénouer les mensonges de ce personnage. Refaire la même chose des années plus tard, ce n'était pas intelligent, sauf que la dernière fois, il avait changé sa méthode.

– Que voulez-vous dire ?

– Si j'ai bien compris, il a pendu sa victime à un arbre la première fois, après l'avoir assommé.

– Oui !

– Mais pour la seconde, il l'a pendu à l'intérieur de sa maison à un pilier. Avouez que ce n'était pas intelligent de la part de ce fermier de laisser entrer quelqu'un qu'il avait chassé bien des années auparavant.

– Vous avez dit un pilier ?

– Oui, enfin une poutre, c'est du pareil au même.

– Non, une poutre c'est horizontal, un pilier c'est vertical.

28. Auberge des Trois Piliers, le Faouët.

Décembre 1828.

Joseph était attablé dans l'auberge. Les gendarmes Jérôme Le Gall et Guillaume David l'avaient accompagné.

– Qu'est-ce qu'on est venu faire, lieutenant ?

– On est venu pour vérifier une possibilité !

– Laquelle ?

– Que puis-je vous servir, Messieurs ?

– Vous tombez bien, Erwan, justement j'étais en train de faire un pari avec mes gendarmes. Vous allez pouvoir nous départager !

– Je n'ai pas beaucoup de cœur pour les paris lieutenant, n'oubliez pas que ma mère est en prison.

– Oui, par amour pour vous !

– Comment cela par amour pour moi ? Que voulez-vous dire ?

– Alors notre pari est celui-ci : je leur disais que je suis sûr que vous êtes le fils adultérin d'Alain Boulben, mort par pendaison le lendemain du pardon de la Saint-Jean, celui du premier dimanche de juillet.

– C'est faux ! Vous racontez n'importe quoi !

– Oh, non ! Votre mère a été élevée avec votre père, toute jeune, elle était servante chez ses parents. Elle en a été très vite amoureuse. Mais la condition sociale différente a voulu qu'il se marie avec une fille dont les parents avaient du bien. Puis elle est morte en couche. Il ne s'est pas remarié de suite, alors la nature a fait les choses. Ils ont été amants. Et vous êtes né. Il ne vous a pas abandonné, il a subvenu à vos besoins, mais le poids des traditions et de la bonne morale a fait que votre mère a dû vous placer chez une nourrice. Et puis Alain Boulben s'est dit qu'il n'avait pas d'enfants légitimes, alors il s'est remarié avec quelqu'un de plus jeune, il a eu des enfants. Elle s'est sentie abandonnée, mais comme elle l'aimait, elle est passée outre son désespoir, et a continué à servir la famille. Et elle a pensé, ou il lui a dit, qu'il valait mieux que vous ne sachiez pas qui était votre père. Mais vous l'avez découvert, je ne sais pas comment ni quand, mais j'en suis sûr.

– Vous avez raison, je l'ai découvert adulte. C'était peu de temps après l'avoir accompagnée pour aller chercher Hélène dans le village de Plouhinec, au hameau de Kerordevin. Sur le chemin du retour, elle essayait de consoler la petite. Celle-ci pleurait sans arrêt en expliquant que son père ne voulait plus la voir, alors qu'elle l'aimait et qu'elle voulait qu'il la garde. Ma mère lui a dit quelques mots qui m'ont fait comprendre qui était mon père, elle a dit : « il vaut mieux, petite, ne pas voir son père, mais de savoir qui, que de le voir tous les jours et ne pas le savoir ». Quand j'étais gamin, elle m'avait dit qu'il était mort lors des guerres de l'Empereur. Il était voltigeur dans la Grande

Armée, avait participé à de nombreuses batailles et était mort en héros. Bien sûr, ma jeunesse avait glorifié l'histoire. Je m'intéressais à tout ce qui se rapportait à l'Empereur, et défendait avec hargne sa mémoire contre ceux qui étaient pour la restauration, et contre l'Empire. Mais ce jour-là, j'ai compris, que je le voyais tous les jours, puisque j'habitais encore dans le hameau, et Alain Boulben était bon pour moi. À l'époque, je l'aimais bien, et puis je voyais qu'en vieillissant, on se ressemblait, même stature, même visage, même expression. Mais après cela, je l'ai détesté.

– Au point de le tuer plus tard !

– Non ! Quel intérêt pouvais-je avoir ?

– L'argent ! Plus exactement la terre, la possession de la terre ! Vous avez pensé, qu'il ne voulait pas vous reconnaître de par l'origine pauvre de votre mère. Et puisque vous étiez un enfant sans terre, vous alliez en posséder, plus que lui, et même les siennes. Alors les évènements, et les morts, un moment donné, vous ont apporté la possibilité. La malédiction du lieu permettait de racheter à bon compte, les parcelles qu'il était obligé de vendre. C'est ce que vous avez fait, mais pas en votre nom propre, avec des prête-noms, des gens de la famille maternelle, qui s'engageaient à vous les céder par la suite, sous condition de l'exploiter en tant que métayer. Vous avez tout acheté, même celle du couple âgé qui restait là, sauf la petite parcelle qui entourait sa maison. J'ai vérifié chez le notaire.

– D'accord, je voulais avoir ses terres que j'ai payées avec l'argent que j'ai économisé, rien de criminel dans l'histoire. Le fait qu'il lui restait un jardinet et une vieille bâtisse ne me dérangeait pas.

– C'est vrai ! Mais il y a eu un élément qui a tout bouleversé. Votre mère n'était pas informée de vos possessions, je l'ai interrogée. Mais Alain Boulben avait aussi fait son enquête, essayant de savoir qui s'en prenait à sa famille. Il avait compris que c'était Jacquette qui avait empoisonné sa seconde épouse. Il est vrai que la haine entre les deux femmes était visible. Ensuite, et je ne sais comment, il a eu vent que vous aviez acheté ses terres, et il a pensé que vous aviez monté le coup avec elle. Il est donc venu vous trouver un soir, après la fermeture de l'auberge le 26 juin de l'année dernière, et vous a accusé. C'était le jour du pardon de Sainte-Barbe. Les cris de l'altercation ont été entendus par l'un de vos voisins qui est sorti, pensant à un cambriolage de votre auberge, mais il a reconnu votre voix et celle d'un homme plus âgé qui hurlait en disant qu'il porterait plainte à la gendarmerie, et que vous et votre mère iriez en prison. Votre mère dormait, et n'a rien entendu, elle est à moitié sourde. Ensuite, vous avez planifié sa mort, repensant bien sûr à cette pendaison de Corentin des années plus tôt. Vous l'avez tué quelques jours après, le jour du pardon de la Saint-Jean, le dimanche 6 juillet. Vous pensiez qu'il n'y aurait personne dans le coin à cause de la cérémonie, c'était sans compter sur le tailleur d'habit qui passait dans le village et a découvert le corps, très peu de temps après votre forfait.

– Vous n'avez aucune preuve !

– Malheureusement pour vous, si ! Il y a eu lutte, il avait compris ce que vous veniez faire. Mourir ne le gênait pas, mais pas sans vous avoir dénoncé, votre mère et vous. Il s'est défendu. Les gendarmes ont constaté des coups sur la tête. Vous avez fait une erreur, s'il s'était suicidé, il se serait pendu à une poutre, et non à une barre de soutien incliné, la corde glisse. J'ai demandé à son fils Jean, de pouvoir refouiller la maison de fond en comble. Guillaume montre lui !

Le gendarme sortit un couteau, un nom était gravé sur le manche.

29. Église de Saint-Chéron, Kerien
Décembre 1828.

Le pasteur Yves Le Coët se signa.

– Merci de m'avoir informé du dénouement de votre enquête.

– C'est naturel, mon père, vous m'avez beaucoup aidé.

– Que dire ! Ce sont les superstitions qui empêchent parfois de voir une réalité bien plus crapuleuse que les sortilèges que nos gens colportent.

– Ils ne sont pas tous à croire aux malédictions.

– Détrompez-vous ! Toutes ces superstitions sont encore enracinées au cœur de la plupart. Beaucoup passeront sans grand remords au cabaret le temps de mes offices, et blasphémeront Dieu, sans trop craindre qu'il les frappe, mais seront affolés de terreur s'ils s'aperçoivent qu'un jour, on a glissé dans leur poche, une pièce de deux liards percée d'un trou, qui est censée porter malheur. Ici, on célèbre avec ferveur les morts à deux moments différents de l'année, la Saint-Jean et la Toussaint. Je pense que cela remonte bien avant l'enracinement de notre religion, et doit provenir des cultes druidiques. À la Saint-Jean, nos gens s'imaginent, lors de la danse autour des bûchers, que la cérémonie est chrétienne. Ils récitent des grâces près du feu. Et le soir de la Toussaint, ils laissent des crêpes chaudes et du cidre pour que les morts puissent se restaurer.

– Vous luttez contre cela !

– Non ! On a récupéré ces cérémonies païennes, et on les a habillés des habits de la religion chrétienne. Nous bénissons les bûchers, et le repas de la Toussaint. Nous ne voulons pas froisser nos fidèles qui, depuis des générations, croient à ces coutumes, où revit le monde du passé Breton. C'est aussi ces croyances, qui font que vous verrez une croix sur les menhirs, où qu'une chapelle a été construite près d'un objet de culte des dieux celtes ou gaulois. La plupart d'entre nous, prêtres, partageons les sentiments et les croyances de nos fidèles. Ces cultes animistes ou magiques ont pris place dans notre rituel catholique. C'est parce que tout cet ensemble de rites et de coutumes, a été pour ainsi dire assimilé par nous, qu'il a survécu presque intact jusqu'à notre époque. Il fallait que ces pratiques se conservent comme une sorte de culte secret, de magie traditionnelle pour nos populations marquées par les siècles de croyance. Et lorsqu'on se refuse à accomplir certains actes, alors les légendes foisonnent. Les conjurations et les exorcismes que nous pratiquions couramment pour faire disparaître des lieux, les âmes damnées, ne se pratiquent presque plus. Mais de nouveau, les récits des fausses croyances foisonnent et alimentent les souvenirs de nos paroissiens.

30. Hameau de Kervarguet, Kerien
Décembre 1828.

Le pasteur du village de Saint Thurien vivait en concubinage notoire avec une fille des environs, et celle-ci était méchante. Il était aussi le propriétaire de plusieurs parcelles, dont il percevait les quittances tous les mois. Hélène voyait bien le manège de sa concubine. Un jour, un fermier vint pour s'acquitter de sa dette, mais le prêtre n'étant pas là, c'est la belle qui prit l'argent. Le fermier réclama une quittance, mais la belle lui dit qu'elle ne savait pas écrire et que le curé viendrait un jour lui remettre le papier. Le curé réclama un peu plus tard, l'argent au fermier, qui ne put lui donnait la quittance, pour preuve de son paiement. L'*Ankou* avait écouté l'histoire d'Hélène, il avait toujours une oreille attentive à ce qu'elle disait. Alors il lui dit que le recteur irait réclamer son argent en enfer. Et que pour ne pas être seul, il serait accompagné de sa belle.

Hélène avait veillé le curé et sa concubine jusqu'à leurs derniers souffles, leur prodiguant les soins nécessaires. L'*Ankou* était ensuite venu les mettre dans sa charrette, On lui avait dit que le nouveau recteur ne serait pas présent tout de suite, il fallait qu'elle trouve du travail ailleurs. On lui laissait quelques semaines pour se retourner, et comme on avait apprécié son dévouement, le diocèse lui chercherait un travail chez l'un des curés du pays.

Hélène prit le chemin de Lannegenn, c'était certainement la dernière fois qu'elle l'empruntait. Mais elle voulait revoir l'endroit où quelques mois plus tôt elle avait croisé le chemin de deux jeunes garçons. À l'époque, elle l'empruntait tous les dimanches pour se rendre de Saint Thurien à la Clarté. Les deux jeunes l'insultaient ou se moquaient d'elle, chaque fois qu'elle croisait leur chemin. Elle avait demandé à l'*Ankou* d'intervenir. Il lui avait dit qu'avant de partir, les jeunes garçons devaient manger un gâteau qu'elle aurait confectionné, et qu'ainsi elle se vengerait de leurs rires et leurs moqueries. C'est pour cela, que sur le chemin, elle leur avait donné des parts de la pâtisserie, malheureusement elle avait vu que le chien en avait mangé un morceau. Elle était triste, car il était gentil, lui, il venait souvent à sa rencontre en sautant de joie, elle lui donnait toujours un petit quelque chose qu'elle avait dans la poche de son tablier.

31. Rue du Château, Quimperlé.

Décembre 1828.

L'ancien député-maire Pierre de la Villemarqué regarda Joseph.

– Incroyable ! Toute cette histoire est incroyable, et après on dit que mes contes, légendes et récits ne sont pas vraisemblables, mais qui aurait cru dans une seule enquête arrêter quatre assassins pour huit meurtres.

– Le juge a inculpé François Bregardis pour le meurtre de Corentin Morlec, Anne Morlec pour la mort de sa mère, Marie-Anne Morlec, des fils Boulben, Alain et Jacques, et de sa sœur, Isabelle, Jacquette Belledic pour la mort de la mère et de la fille Boulben, et enfin Erwan Belledic pour la mort d'Alain Boulben, cinq membres d'une seule et même famille, les Boulben et trois membres d'une même famille, les Morlec. Triste époque !

– Vous semblez préoccupé !

– Oui, les deux jeunes garçons, j'ai l'impression que quelque chose m'a échappé, c'est fugace. Je voulais interroger de nouveau Hélène, car lors de son arrestation, elle s'est accusée de ces homicides, mais le juge d'instruction pensant qu'elle inventait des histoires, l'a fait libérer. Elle a disparu.

– Au fait, quel était son nom de famille ?

– Jecado, Hélène Jecado, du village de Plouhinec.

Épilogue. Prison de Rennes.

Le 25 Février 1852

« *La justice n'a pas connu tous mes forfaits, j'ai porté le deuil et la désolation dans un grand nombre de familles. Naguère deux jeunes enfants ont été mes victimes. Des mères ont perdu des filles qui étaient l'appui de leur vieillesse. Mes crimes sont grands et nombreux. Je demande à Dieu, pardon et miséricorde. Je demande aussi pardon aux familles qui me doivent leurs chagrins. Je supplie avec larmes les parents de tous ceux que j'ai immolés, non pas de me plaindre, mais de cesser de me maudire. Je remercie toutes les personnes qui ont prié pour moi. J'offre volontiers à Dieu, le sacrifice de ma vie pour l'expiation de mes crimes. J'ai été bien coupable. J'espère que Dieu me fera la grâce de mourir pénitente* », Hélène Jecado, déposition recueillie en confession par l'abbé Tiercelin.

FIN

L'histoire d'Hélène Jégado

Elle est née en juin 1803 dans le Morbihan dans une famille pauvre de paysans bretons. Elle est nourrie des légendes du pays de la Basse-Bretagne, et semble traumatisée par le personnage de l'*Ankou*. Elle pense alors en être l'incarnation et va accomplir ce qu'elle pense être ses ordres. Elle voyage un peu partout dans le pays du Faouët à Rennes, en se plaçant comme servante et cuisinière dans différentes demeures. Son emploi lui permettra de se servir de l'arsenic pour empoisonner ses victimes. À l'époque, les épidémies de choléra masquent ses crimes avec ce poison, les symptômes étant proches. Les victimes ne sont pas volées, les mobiles ne sont pas clairement établis. Elle échappe ainsi à la justice, personne ne la soupçonne. Jusqu'au jour, où l'un de ses employeurs, avocat, professeur de droit et expert en affaires criminelles se décide à enquêter après la mort de deux de ses gouvernantes, et d'une servante de sa maisonnée. Arrêtée, elle fut soupçonnée d'avoir tué 97 personnes.

Pour cause de prescription, elle ne fut accusée que de 5 meurtres, mais grâce aux objets retrouvés qu'elle gardait de ses victimes, on peut supposer qu'elle fut la plus grande tueuse en série de l'histoire de France. Elle est morte guillotinée à Rennes le 26 février 1852

Annexe.

La légende de la mort en Basse-Bretagne, d'Antoine Le Braz, 1893.

Les légendes contenues dans ce livre ont été tirées du livre de Monsieur Le Pratz, qui les a recueillies à la fin du XIXe siècle, dans des régions différentes du pays breton.

Un grand nombre de ces légendes ont pour théâtre des villages de la Basse-Bretagne, et notamment de la région montagneuse constituée par la montagne Noire et les monts d'Arez, ainsi que sur la région de Quimper et de Quimperlé.

Antoine Le Braz a volontairement restreint ses recherches à un type particulier de légendes, celles qui se rapportent à la destinée des âmes après la mort et à leurs relations avec les vivants. Il a recueilli et publié en même temps les croyances, les usages et les rites qui se rapportent aux morts. Celles-ci ont une uniformité, d'un bout à l'autre de la Basse-Bretagne.

Toutes les légendes contenues dans le livre sont des formes rajeunies de récits beaucoup plus anciens. À l'époque, en Bretagne, aucun mur ne séparait le monde « merveilleux » du monde réel. Les croyances qui avaient donné naissance à ces récits, où les acteurs principaux sont les âmes des morts, sont des légendes que l'on racontait encore il y a un siècle. Les Bretons de cette époque, en étaient encore à cet état d'esprit où l'explication d'un phénomène naturel, maladie, mort ou tempête, qui vient tout de suite à l'esprit, était une explication d'ordre surnaturel. C'était l'*Ankou* qui frappait de sa faux les vivants et les emportait sur son char à l'essieu grinçant. C'était le fiancé mort qui venait la nuit, chercher dans la maison de son père, sa fiancée qu'on avait trouvée morte au cimetière. On racontait, avec la même bonne foi et la même sincérité, qu'un homme avait été tué par un arbre qui s'était abattu sur lui, ou qu'il était mort parce qu'on l'avait damné, et voué à l'*Ankou*. On redoutait la mort comme on redoutait la tempête ou la foudre. Mais l'on ne s'étonnait pas plus d'entendre bruire les âmes des morts dans les champs, que d'entendre les oiseaux chanter dans les haies. Tout le pays breton, des montagnes à la mer, était plein d'âmes errantes qui pleuraient et qui gémissaient. Mais notre époque a-t-elle tuée ces légendes ? Ne sont-elles pas en train de revenir dans les récits des conteurs qui animent des soirées dans les salles des cafés ou des mairies.

L'on raconte de nouveau des légendes séculaires dont les récits enchantent des milliers de touristes, mais aussi les Bretons de ce siècle.

Bibliographie, Référence, Essais, et Œuvres.

La paysannerie en Basse-Bretagne, Dominique Paulet, 2006.

La Pharmacie à l'âge moderne, Professeur Patrice Trouiller, 2012.

La mort et le Hommes en Bretagne au haut Moyen Âge, Jean-Christophe Cassard, 1988.

Stèles armoricaines de l'âge du Fer et organisation de l'espace funéraire, Anne Villard-Le-Tiec, 2011.

Voyage dans le Finistère par Jacques Cambry, 1795.

Dictionnaire de la Langue Bretonne Dom Louis Le Pelletier, 1752.

La vie quotidienne des Bretons au XIX Siècle, Yann Brekilien, 1966.

Au XIX en Basse-Bretagne, Pierrick Chuto, 2010.

L'Evolution de la vie rurale en Basse-Bretagne, Camille Vallaux, 1905.

Le Faouët autrefois, Anne-Louise Charles.

Légendes locales de la Haute Bretagne, Cercle des bibliophiles de Bretagne, Paul Sébillot 1899.

Recueil et traités concernant le blason, auteur inconnu, XVI siècle.

L'enseignement en Bretagne au XIX siècle, Robert Gildéa 1914.

Prêtres de Bretagne au XIX siècle, Samuel Gicquel.

Les filles mères en Bretagne, Catherine Rollet 1991.

Les Légendes de la mort, Anatole Le Braz, 1893.

Grand merci au Musée du Faouët :
http://www.museedufaouet.fr/

Et aux archives départementales du Finistère.
http://www.archives-finistere.fr/

Dépôt légal octobre 2018, ISBN : 979-10-94133-17-0
JMB EDITIONS
Couverture © **Matthias Becquet**
Prix 9,50 €.